함부로
사랑을
말하지
않았다

함부로 사랑을 말하지 않았다

초판 1쇄 인쇄 2019년 4월 8일
초판 1쇄 발행 2019년 4월 15일

지은이 방현희
펴낸이 정해종

책임편집 김지용   **편집** 강지혜
마케팅 고순화   **경영지원** 이은경
디자인 윤미정, 이은혜   **제작** 정민인쇄

펴낸곳 ㈜파람북
출판등록 2018년 4월 30일 제2018-000126호
주소 서울특별시 마포구 양화로12길 8-9, 예현빌딩 2층
전자우편 info@parambook.co.kr **인스타그램** @param.book
페이스북 www.facebook.com/parambook/ **네이버 포스트** m.post.naver.com/parambook
대표전화 (편집) 02-2038-2633 (마케팅) 070-4353-0561

© **방현희, 2019**

ISBN 979-11-90052-00-9 03810
책값은 뒤표지에 있습니다.

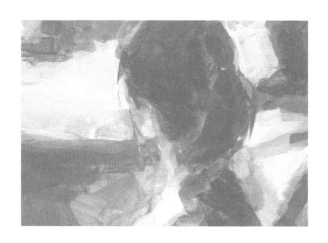

함부로 ——、
사랑을
말하지 않았다

방현희
산문
—— 。

파람북

새벽 3시. 내 가슴과 머릿속이 가장 맑은 시간이다. 하루 내내 아무 생각도 안하고, 아무도 만나지 않고, 아무 데도 나가지 않고 비워두었던 내 속에서 나도 모르게 차오른 것들이 문장이 되어 쏟아지는 시간이다. 전날 쓴 문장 끝에서 깜박이는 커서가 어서 자판을 두드리라고 아무리 보채도 단 한 글자도 쓰지 못하는 낮 시간을 보낸 끝에, 비로소 내 가장 깊은 우물이 열리는 시간. 청량하게 열리는 내 영혼.

문득, 내 영혼이란 그동안 내가 알아온 수많은 사람들의 영혼과의 교접과 교감과 마찰과 충돌이 모두 한데 뒤섞여 누구의 것인지 모를 만큼 푹 익은 뒤에 새롭게 빚어진 존재가 아닐까, 싶어졌다. 그래서 어느 순간 내 영혼이 마치 나로부터도 떨어져 저 우주 한복판에 둥실 떠 있는 것만 같은 기분을 느끼는 것이 아닐까.

그렇다면 나는 나 이외에 어떤 이가 함께 녹아 있는 걸까. 내가 그동안 알아온 사람들은 과연 몇이나 될까. 그런 생각이 들어 가장 먼 기억 속의 사람부터 끄집어내 보았다. 이런저런 사람들이 떠오른다. 그들 중 내게 무엇으로든 영향을 준 사람을 골랐다. 그리고 그가 내게 영향을 미쳤던 그 무엇인가를 헤아려보았다.

내 어린 시절은 특별할 게 없었다. 그만그만한 소시민 가정에서 그만그만한 일들을 겪으며 자랐다. 나는 다 자라도록 지독히 겁이 많고 내성적인 성격이어서 집 밖으로는 거의 나가지 않았기 때문에 겪은 일이랄 것도 없었다. 그저 책 읽는 것을 병적으로 좋아하고 몽상에 잠겨 혼자 있는 시간을 즐기던 것 밖에는.

그러다가, 내게 전혀 새로운 사람들을 집중적으로 만난 시기가 있었다는 것을 기억해냈다. 외부에 가장 열려 있으며 가장 적극적으로 새로운 세계와 사람을 받아들이던 이십 대에 나는 병원이라는 특수한 공간에 있게 되었다. 이제 현대에 사는 그 누구도 태어나면서부터 죽을 때까지 병원이라는 공간을 거치지 않을 도리가 없어졌다. 우리 생의 상당한 부분을 차지하는 병원이라는 공간 속에 내가 놓인 것이다.

삶과 죽음이 교차하며 희망과 절망이 가장 높게 치솟았다 곤두박질치는 곳. 그 아슬아슬한 롤러코스터의 중심에 있는 사람들. 그들 사이에서 나는 홀로 조그맣게 한껏 웅크린 채 숨죽이고 앉아 있었다. 그렇게 나는 나와 일정한 거리에 있으면서도 내게 강렬한 영향을 미친 특별한 사람들을 만나게 되었다.

불과 하루일 수도 있었고, 며칠일 수도 있었으며, 길게는 몇 달, 심지어 몇 년에 걸쳐 특별한 상황에 놓인 지금의 내 영혼에 그 어떤 것 한 자락씩은 던져준 사람들을 만난 것이다. 그들에게서 본 단편적이지만 강렬한 인상과 사건들은 나와 직접적인 영향 관계에 있는 어느 누구보다 내 영혼을 쪼개다시피 후려쳤다.

어찌 보면 병원이란 그들 인생에서 가장 복잡한 심리적 갈등이 펼쳐질 만한 장場이기도 하고, 어찌 보면 지금까지의 갈등들이 마무리되기도 하는 장이었을 테다. 그들을 겪고 나서야 비로소 나는 소설을 쓸 수 있었다. 그전까지는 육체의 고통이 모든 것을 집어삼킬 수 있다는 것을 본 적도 없었으니까. 괴로움suffering이 인생을 고해로 만들지만 고통pain은 어느 한순간 고해조차 아무것도 아닌 것으로 만들 수 있었으니까. 그렇게 정신이니 마음이니 하는 것이 육체보다 중요하거나 무겁지 않을 수도 있다는 것을 깨달았으니까.

그들과 한 시절을 보내면서 언젠가는 이 사람들의 이야기를 써야겠다고 마음먹었다. 언젠가 만났던 그저 먼 기억 속의 누군가로 남겨두기엔 그들의 삶이 너무나 통렬했다. 지금의 내 영혼에 무시할 수 없을 만큼의 큰 돌을 던진 사람들. 하지만 소설로 쓰기엔 왠지 어울리지 않았다. 이것은 반드시 직접적인 형식으로 쓰여야 했다. 나는 그들에 관한 산문을 쓰기로 작정했다.

이 책을 내도록 도와주신 분들, 이미 돌아가신 분들과 고통을 이기고 살아남은 분들에게 고마움을 전한다.

2019년 봄의 문턱에서
방현희

1부

함부로 사랑을 말하지 않았다

둘 사이에 흐르는 감정은 사랑이 아니었다.

일종의 자동적인 용서도 아니었다.

그것은 신비한 결속이었다.

어떤 구실이나 사건을 계기로 어떤 순간에

그렇게 결정된 것이 아니라는 의미에서,

그것은 기원이 없는 관계였다.

- 파스칼 키냐르

* 『신비한 결속』(파스칼 키냐르, 문학과지성사, 2015)

1.　　　　　　　　　　　회복기
　　　　　　　　　　　　　당신의 발

당신은 지금 새벽 기운이 막 가신 운동장에서 두 손을 털고 발목
을 돌리면서 한 바퀴 뛸 준비를 하고 있습니다. 가슴을 크게 열
어 서늘한 공기를 마시고 서서히 물러나는 새벽의 어스름을 둘
러봅니다. 당신이 톡톡 땅을 차는 발끝에서 모래알들이 일어납니
다. 조금은 눅눅하게 젖은 모래알들이 새벽의 푸른빛 속에서 사
르르 흩어집니다. 당신의 장딴지는 막 달리기 위해 일제히 일어
나 씰룩댑니다.

　당신은 얼마 전 깊은 병에서 빠져나왔습니다. 운동화 앞부리
가 3분의 1가량 툭 튀어나오고 연달아 다른 발이 튀어나왔을

때 나는 바로 당신인 것을 알아봅니다. 회복기, 당신.

#

어느 날 어떤 병원 대기실에 앉아 친척을 기다리면서 그 앞을 지나가는 사람들의 신발을 유심히 바라보았다. 출입문이 꽤 큰 유리창이어서 왼쪽 끝에서 발끝이 불쑥 나타나는 순간, 눈길이 확 끌려갔다가 그 사람의 발걸음을 따라 때로는 빠르게 때로는 조금 느리게 오른쪽으로 시선이 옮겨갔다.

대부분의 사람들이 왼쪽에서 오른쪽으로 지나갔고 그래서 일정하게 왼쪽에서 발끝이 나타났다. 3월 마지막 즈음, 겨울이 여간해서 물러가지 않았던 초봄 어느 날 반짝 따뜻해진 날이었다. 사람들은 갑자기 뜨끈해진 날씨에 겉옷을 벗어 팔에 걸치고 다녔다. 그 거리는 젊은이들이 자주 다니는 길에서 살짝 비켜 있었고, 내가 앉아 있던 곳은 길거리가 바로 내다보이는 대기실이었다. 멍하니 앉아 기다리는 동안 나는 텅 비어갔고 텅 빈 공간 속으로 강렬한 색감을 지닌 무언가가 지나가는 것을 포착했다. 하나, 둘, 셋.

나는 화들짝 깨어났다. 그것은 경쾌한 걸음걸이였다. 그 경쾌한 걸음걸이들은 선명한 색깔의 줄무늬가 그려진 조깅화가 만들어내고 있었다. 내 눈은 홀린 듯 발걸음을 따라갔다. 그렇게 한곳에서 네모난 커다란 창을 통해 비슷한 운동화를 신고 경쾌하게 걷는 젊은 남자와 여자 들을 본 적이 거의 없었던 터라 마치 TV의 광고를 보는 듯했다. 그 뒤로 컴포트화를 신은 할머니도 지나갔다. 할머니는 정말 편안하면서도 가볍게 걸어갔다. 그 뒤로는 평범한 검은 단화를 신은 여자가 지나갔다. 검은 단화 위에 햇살이 비쳤다. 그러자 걸음걸이가 한결 가벼워 보였다.

정말 신기했던 게, 그 리드미컬한 발걸음을 보면서 내 가슴이 점차 가벼워진 것이다. 그 뒤에 이어진 다른 발걸음조차 가볍게 보였으니 말이다. 그즈음 나는 상당히 힘에 겨워서 제발 누군가 나를 책임져줬으면 좋겠다고 생각했었다. 나를 사랑하는 사람들조차 싫어졌다. 나를 사랑한다는 것은 내게 사랑을, 보살핌을 달라는 것이었고 나는 그럴 힘조차 바닥나 있을 때였다. 하루하루를 보낸다는 게 너무나 힘겨웠고 내 앞에 놓인 삶이 너무나 두려웠다. 나는 속으로 울부짖었다.

"제발 나를 사랑하지 말고 나를 책임져줘."

언제였던가. 굽 높은 구두를 신고 리드미컬하게 지하도 계단을 뛰어내려갈 때 옆에서 조심스럽게 계단을 내려가던 친구가

15

말했다. "기집애, 그렇게 높은 구두를 신고 그렇게 잘 뛰어내려 간다 그거지?" 그때 나는 멈칫, 하면서 나를 돌아봤다. 그리고 자랑하듯이 더욱 즐겁게 계단을 내려갔다. 나는 언제나 계단을 내려갈 때면 그렇게 즐겁게 리드미컬하게 내려가는 것을 즐기고 있었다.

그런데 어느 날부터였던가. 높은 계단이 두려워져서 지레 겁을 먹고 자주 넘어졌다. 지하도의 높디높은 에스컬레이터가 너무 무서워서 탈 수 없을 정도가 되었다. 그전에는 놀이동산에서 롤러코스터도 곧잘 탔던 내가 내 키보다 조금 높은 놀이터 미끄럼틀 위에서 오금이 저리는 일을 겪었다. 점차 더 심해져서 환승로의 계단에서 굴러떨어지기도 했다. 나의 구두는 멀찍이 튀어 달아났고 니는 부끄러워서 허겁지겁 구두를 찾아 발에 꿰고 그 자리를 도망쳤다. 심지어 계단이 아니라 그저 한 단 높이의 길턱에서조차 넘어졌다.

그즈음 나는 대처할 수 없는 생활의 변화에 겁을 집어먹은 것 같았다. 나는 아주 조심조심 걷기 시작했다. 나같이 철없는 사람에게 세상은 문턱도 높았고, 걸림돌도 많았고, 경사도 너무 심한 계단이었다.

#

나는 당신을 쉽게 알아보라고 친구들에게 말했습니다.

"다리를 조금 절면서 걸어올 거야. 바닷가 모래밭이라서 어쩜 조금 더 절룩거릴지도 모르겠어."

나는 바닷물과 장난치고 모래밭도 걸어야 해서 당신이 오는 방향만 바라보고 있을 수 없었고, 때문에 아무나 먼저 알아볼 수 있도록 친구들에게 말해놓은 것이지요. 그런데 당신은 어느 순간 내 옆에 와서 힘차게 말을 붙였습니다.

"많이 기다렸지요?"

나는 얼른 다리부터 내려다보았습니다. 내 곁에 선 당신은 '다리를 조금 절면서 걸어온 남자'가 아니라서 친구들도 눈을 동그랗게 뜨고 있었지요.

"다리는 완벽하게 나았어요."

당신은 강인한 사람답게 허허 웃었습니다. 당신의 무릎과 종아리와 허벅지는 100개도 넘는 뼛조각으로 부서졌었지요. 그래서 의사들은 무릎을 90도로만 구부릴 수 있어도 기적이라고 말했는데, 당신은 완벽히 무릎을 꿇고 앉을 수 있게 되었습니다. 어떻게 이렇게 회복했느냐고 물었지요. 당신은 모두 아버지 덕분이라고 하더군요. 나는 곧바로 당신의 아버지를 떠올렸습니다.

"100일 동안 아버지는 단 하루도 쉬지 않고 내 다리를 움직여줬어요."

당신의 다리를 내려다보느라 고개를 숙였기 때문인지 눈물이 쏟아질 뻔했습니다. 수술실에서 막 나온 당신을 받아 안아서 침상에 눕히고 한시도 떨어지지 않은 채 당신을 간호하던 아버지요. 체격이 좋은 당신을 안아서 눕히던 좀 작은 듯하고 말랐지만 강단 있어 보이는 당신의 아버지를요. 당신은 며칠 동안 눈을 제대로 뜰 수조차 없을 만큼 아파했고 이를 악물고 신음을 삼켰으며 아버지는 그런 아들에게서 눈을 떼지 않고 지켜보며 진땀을 닦아주다가 더 이상 견딜 수 없어 보이면 우리에게 와서 조용한 목소리로 진통제를 놔달라고 했지요. 당신은 신통제를 주사 맞고서야 겨우 악물었던 이를 풀고 삼산 동안 잠이 들었습니다.

단 한 번도 아프다고 소리를 내지 않았던, 눈을 질끈 감고 끈끈한 진땀을 흘리던 그 얼굴을 나는 아직도 기억하고 있지요. 아들을 간호하느라 병상 아래 작은 간이침대에서 잠을 자다가 한밤중에 병실 문이 열리면 곧바로 벌떡 일어나던 당신의 아버지도 기억합니다.

나는 그때 처음으로, 아버지의 아들 사랑을 직접 목격했습니다. 그전까지는 세상의 아버지들은 돌봄과 간호를 받기만 하고, 세상의 어머니들은 남편과 자식을 돌보기만 하는 줄 알았었죠. 당신의 아버지는 원양어선 선장이었고 당시에는 조업이 끝나 몇 달 쉬는 기간이었다고 했지요. 어머니는 가정을 돌보고 아버지가 서울에 올라와 다친 아들을 돌본 겁니다.

당신의 아버지와 비슷한 시기에 다른 아들을 간호하던 아버지를 또 한 분 기억합니다. 그 아들은 백혈병을 앓고 있었고, 아버지는 아들 곁에서 오랜 시간을 보냈습니다. 누워 있는 아들에게 조근조근 말을 붙여 일일이 물어보고 죽을 떠먹이고 대소변을 받아내고 침상에서 몸을 씻겨주었으며, 열 몇 개씩 수혈되는 혈액팩을 밤새도록 지켜보고 있기도 했습니다. 제주도에서 귤 농사를 짓던 그분은 한 해 농사가 끝나면 아예 올라와서 몇 달 동안이나 아들을 돌봤습니다. 이 아들은 급성 발병기에 거의 반혼수상태로 오래 누워 있었던 터라 발목의 근육이 다 풀려서 풋 드롭foot drop이라는 현상이 생겼었지요. 발등이 직각으로 유지되어야 다시 일어나서 걷는 데 문제가 없기때문에 누워 있는 환자는 발등이 떨어지지 않도록 항상 운동을 시켜줘야 합니다. 아들의 발치에 앉아서 발등을 직각으로 구부려주던 아버지를 기억합니다.

그 아들이 어느 날 아버지의 부축을 받고 일어나 복도를 걷는 걸 보게 되었습니다. 아들은 발목에 힘이 없어서 발이 자꾸만 일자로 바닥에 떨어졌기 때문에 아주 천천히 걷는 것을 연습해야 했고 아버지는 아무리 시간이 많이 걸려도 가만히 아들의 발을 지켜보며 한 발 한 발 보조를 맞췄습니다. 그는 백혈병이 관해되어 ─ 혈액암이나 림프종에서 임상적으로 증상이 없는 상태를 말한다 ─ 퇴원했고, 추후 진찰을 위해 정기적으로 병원에 올 때마다 병동에 올라와 인사를 했습니다.

활짝 웃으며 인사를 하던 그의 환한 얼굴이 기억나는군요. 그는 회복되자 워킹홀리데이 비자를 받아 호주에 가는 것을 시작으로 세계 여행을 떠난다는 소식을 보내왔습니다. 한참 지나 귀국했다는 소식과 함께 그의 두 발이 걸어다닌 수많은 거리의 이야기를 들었습니다.

세상의 아버지들이 아들을 그토록 사랑한다는 것을 알게 되었습니다. 아버지가 아들의 발을 주물러주고, 대소변을 받아주고, 죽을 떠먹여주고, 한밤중에 꾸벅꾸벅 졸다가도 금세 깜짝 놀라 눈을 번쩍 뜨고 링거를 올려다보며 아들의 얼굴을 살피고, 아들의 진땀을 닦아주고, 아들을 일으켜 안아주는 것을 보았습니다. 얼마나 가슴이 먹먹하고도 벅차도록 기뻤는지 모릅니다.

병실 문을 조심스럽게 닫고 나오면서 저런 사랑을 받고 그냥 주저앉을 아들은, 아마도 없을 거라고 생각했습니다.

#

아내라면 남편을 그렇게 해줄 수 있을 테고, 엄마나 아빠라면 자식이 그렇게 해줄 수 있을 게다. 하지만 아버지가 다 큰 아들의 발을 정성들여 주물러주는 것. 그것은 흔하게 볼 수 없어서 그토록 귀한 것일 게다.

병원 대기실에 앉아 지나가는 경쾌한 발걸음을 보면서 점차 기분이 좋아진 것은 어쩌면 내 기억 깊은 곳에 저장되어 있던 그 아버지들과 그 아들들의 모습 때문이었을지도 모른다. 그리고 내 아버지 역시 자식들 건강을 잘 챙기시던 분이었음이 기억났을 것이다. 유난히도 약해서 소풍만 다녀와도 저녁 내내 엄마가 팔다리를 주물러줘야 했던 나였다. 아버지는 엄마가 물러난 자리에 와서 내 머리통 꼭대기에서부터 엄지발가락 끝까지 척추를 따라 꾹꾹 눌러주곤 했다. 그렇게 해주면 담 결렸던 등짝도 풀리고 얼마나 시원했는지 모른다. 내게도 그런 아버지가 있었음을 기억했던 것일 게다. 내게 힘을 주고 격려해주던 아버지의 손이 있었음을.

\#

회복기 당신의 발. 환한 햇빛이 비치는 거리로 건강하게 튀어 나오는 그 발들. 누군가의 경쾌한 발걸음이 그토록 내 마음을 가볍게 만들어줄 줄은 몰랐다. 병원에서 나와 쏟아지는 햇볕을 향해 얼굴을 들었다. 길모퉁이에서 화사한 초봄이 도래했음을 알리는 프리지아의 향내가 번져왔다. 나는 뛰어가서 프리지아를 한 묶음 샀고, 그즈음 병원에 입원한 친구에게 가져갔다. 병원에서 보냈던, 삶과 죽음과 희망을 극명하게 겪었던 이십 대의 그 시절이 새삼 내 가슴에 사무쳐왔다.

2.　　　　　　　　　　　길, 혹은
자기만의 방 1

My own private. 나는 이런 수식어를 붙일 공간을 갖고 싶었다. 아니, 내가 갖고 있는 그 공간에 붙일 이름이 필요했다. 오직 나만의 비밀한 공간. 아무리 설명해도 다른 사람은 알 수 없고, 같이 가고 싶어도, 그곳에 함께 있다 해도, 내가 아니기에 알 수 없는 그곳. 막막한 대지 위의 한 점일 뿐인 그곳.

천만이 살고 있는 대도시에서 내가 가진 아주 작은 공간. 나 혼자만 들어갈 수 있는 작은 공간을 꿈꾸었다. 아무도 찾지 않는 늦가을의 축축한 바닷가. 젖은 모래 위의 작은 집. 그중에서도 다락방. 내 혼잣몸을 간신히 눕힐 수 있는 좁고 어둡고 젖은 나무 냄새가 나는 선반이어도 좋았다. 거기에 누가 올라가 자고 있을까 싶은 곳에서 문을 닫아걸면 방 바로 앞에 온 사람조차 내 존재를 알아차릴 수 없을, 그래서 아무도 침입할 수 없고, 아무에게도 자는 모습을 들키지 않고 한 100일쯤 마음껏 잘 수 있는 공간.

나는 오랫동안 나만의 방을 갖지 못한 채 여러 자매와 함께, 또 여러 동료들과 함께 잠들어야 했었다. 기숙사 생활을 오래 했던 탓에 나는 철제 침대에 익숙하다. 흔한 병원의 철제 침대 말이다. 그만치의 공간에서 나는 오랜 세월을 보냈다. 3교대를 했기 때문에 같은 방을 쓰는 동료들과는 거의 매일 근무 시간과 수면 시간이 달랐다. 동료들이 자고 있으면 나는 숨을 죽이고 거실로 나와 책을 읽곤 했다. 혼자 살기를 원했지만 혼자 사는 것이 단 하루도 허락되지 않았던 날들이 30년 가까이 이어졌다.

내게 '잠을 잔다'는 것은 완벽한 안전이 보장되어야 하는 것이다. 그런데 수시로 사람들이 문을 열고 오가는 곳에서 어찌 제대로 잠을 잘 수 있을까. 나는 기숙사에서는 잠을 거의 자지 못했다. 불면증 때문에 수면제를 달고 살았다. 그러다가 오프 때면 언니 집에 가서 사흘 밤낮을 자곤 했다. 책을 읽다 자고 읽다 자는 게 내 휴일의 전부였고, 그때가 내가 겨우 살아 있는 시간이었다.

지금도 어느 누구의 간섭도 받지 않고 내 몸 하나 간신히 눕힐 수 있는 작은 공간을 가장 안전하고 가장 편안한 공간으로 여긴다. 중국의 자싱嘉興에 갔을 때 어느 집 다락방에 올라간 적이 있다. 중국식 침대 하나 들여졌을 뿐 작은 테이블 하나도 놓을 수 없는 작은 방이었다. 잠을 자거나 책을 보는 것만으로 충분한 방.

그래서일까. 입원해 있는 상황이란 내겐 몹시 힘든 상황일 것이라 짐작한다. 누군가 수시로 문을 열고 들어와 자는 나를 내려다보고, 무언가를 체크하고, 새벽같이 청소를 하러 들어오고. 안정을 취하러 간 곳이 가장 불안한 공간이 될지도 모른다.

입원을 하게 되면 대부분의 사람들은 낯선 곳에 적응하기 위해, 또는 아픈 상황을 잊기 위해 자신의 본능을 드러내게 된다. 끊임없이 누군가에게 전화해서 말을 하는 사람, 혼자서 중얼거리는 사람, 의료진에게 짜증을 내는 사람, 소리내며 자는 사람, 아프다고 우는 사람. 그뿐인가, 옆자리 환자에게 끊임없이 말을 걸고 신상을 들추고, 먼저 입원한 순으로 고참이며 신참을 나누고, 심지어 패거리를 짜는 등. 고독한 것을 두려워하는 사람에게는 다인실이 인간적인 공간이 될 터이다. 그러나 누구와도 나눌 수 없는 통증을 혼자 조용히 견디고 싶은 사람에게는 다인실의 환경이란 어쩌면 몹시 자극적인 공간이 될 것이다. 그러나 환자란 가장 약자의 처지로 떨어진 존재, 어쩔 수 없이 입원실의 그 무차별한 상황을 견뎌야 한다.

최근 나는 가장 사랑하는 친구를 잃었다. 그 친구는 방랑자적 기질을 가진 탓에 특히나 병원이라는 공간에 갇히는 것을 원치 않았다. 입원실이라는 곳. '개인'이 완벽히 무시되고 병원 시스템에 의해 움직여야만 하는 곳. 개인의 성향을 누구보다 중요하게 여기는 소설가, 더구나 방랑자 기질을 지닌 그런 사람에게 입원실이라는 무차별한 공간은 고통스러움 그 이상이었다. 그래서 그녀는 어떻게든 입원을 피하고자 했고, 병원이 아닌 다른 공간에서 치료하고자 했다. 그래서 적시에 적당한 치료를 받지 못한 면이 있었다. 그러니 그것 역시 친구가 택한 길이었다.

친구와 나는 여행을 다닐 때 우리가 평소 쓰던 친숙한 사물들을 호텔에 놓아두곤 했다. 테이블에 커피콩과 커피그라인더와 드리퍼, 커피 잔 등을 놓아두고, 사랑하는 가족의 액자를 놓아두고, 이불을 감싸는 덮개로 차가운 침대를 따뜻하게 만들었다. 입원실을 자기만의 공간으로 만드는 건 혹시 무차별한 공간을 고통스러워하는 사람들에게 하나의 대안이 될 수 있을까.

친구가 마지막으로 입원해 있던 호스피스 병동은 일반 병동과는 달랐다. 자기와 가족의 사진이 담긴 액자를 놓을 수 있었고, 꽃을 놓을 수 있었고, 자기에게 친숙한 담요를 덮고, 자신의 옷을 입을 수도 있었다. 내가 입원해 있어야 한다면 나는 내 심리적 안정을 위해 내가 쓰던 컵을 쓰고 내가 쓰던 담요와 이불을 쓰고, 내 책들과 노트, 컴퓨터를 옆에 두리라. 그것이 길 위에 내 마지막 작은 방을 마련하는 길이니까.

3.   길, 혹은
                      자기만의 방 2

〈아이다호 My Own Private Idaho〉는 내가 오랫동안 보고 싶어 했지
만 쉽게 찾아 보기는 원치 않은, 어떤 오묘하고도 야릇한 마음
의 장난으로 적극적으로 보지 않았던 영화이다.

　나는 좋은 소설은 한 번에 휙 보아 넘기는 것을 거부한다.
몇 문장, 몇 줄 읽고 가슴속에 덮어두고 한참을 추스른 후 다시
책장을 편다. 그것처럼 너무 아끼는 영화는 오랜 시간을 두고
욕망한 뒤에 간신히 봐야 제맛이다. 내가 개봉관을 찾지 않는
이유이다.

　좋은 영화를 영화의 흐름대로 그냥 보고 있으면 그렇게 빨리

흘러가 버리는 것을 견딜 수가 없다. 게다가 책을 눈앞에 바짝 갖다 대고 읽는 습관 그대로 영화조차 화면에 바짝 붙어 보는 습관이 있어서 나는 웬만하면 영화관을 찾지 않는다. 많은 사람들과 함께 보는 것을 별로 좋아하지 않기도 한다. 나 혼자만의 영화를 보고 싶은 것이다. 다른 사람들과 함께 보면 나는 제대로 몰입하지 못해서 영화를 보는 사이사이 곁에 있는 사람이 신경 쓰이고 영화관이라는 낯선 공간이 개입해서 줄거리조차 달라지는, 이상한 영화를 본 꼴이 되어버리곤 해서 그렇다.

아이다호는 너른 사막지대이다. 그런데 나는 왜 그 넓고 막막한 공간에서 내 몸이 꽉 낄 정도의 좁은 방을 보았던 것일까. 막막한 대지에 한 줄기 길이 놓여 있다. 너무나 거대해 결코 벗어나지 못할 것만 같은 대지에서 구름은 어떻게든 도망치고 싶다는 듯 빠르게 일렁이며 흘러간다. 그 길은 세상 어디에나 갈 수 있을 것처럼 거침없이 뚫려 있지만 한편으로는 그 막막한 대지를 한 치도 벗어날 수 없을 것처럼 무기력해 보인다. 길 끝은 아련하게 먼지에 잠겨 있거나 아지랑이에 흔들리고 있다.

어린 시절, 어머니를 잃은 마이크 워터스. 그는 거대한 대지 한복판에 놓인 길의 한가운데에 기면발작으로 누워 있다. 어디에도 정착하지 못하고 떠돌면서 세상의 모든 길을 맛보고 싶어 한다지만 그가 맛볼 수 있는 길은 어린 시절이 잠들어 있는 바로 그곳, 아이다호의 오직 그 길뿐이다.

그에게 몸은 방탕 이상의 무엇이든 할 수 있는 '길'이기도 하지만 기면발작으로나마 도망치고 싶은, 그러나 도망칠 수 없는 '길'일 뿐이다. 자신의 몸을 벗어날 수 있다면 기억에서도 벗어날 수 있을까. 모든 행복을 박탈당한 어린 시절의 그 아픈 기억에서. 보통 이렇게 죽 뻗은 길의 이미지는 희망에 가득 차 있으련만 이토록 한 치도 벗어날 수 없는 운명의 이미지를 보여주다니. 영화 〈파리, 텍사스Paris, Texas〉처럼 길도 없는 황야도 아닌데 말이다.

기면발작으로 쓰러져 있는 아이다호의 길. 마이크 워터스는 그 길을 통해서만 엄마에게 가 닿을 수 있고, 그 길을 통해서만 아직까지 치유되시 못한 상저를 볼 수 있고, 그 길을 통해서만 아주 짧았던 어린 시절의 행복에 닿을 수 있었다.

나는 어떤 소설에서 이렇게 적었다. "세상의 모든 자식이 상처인 것처럼, 세상의 모든 부모는 자식에게 상처이다"라고. 설명이 필요한 진술이긴 하다. 이 말을 광의로 해석해보면, 자식은 태어나는 순간 또는 조금 자라서, 더 이상 엄마가 자신과 동일시될 수 없는 존재라는 것을 깨닫는 순간 심각한 분리불안을 겪는다. 최초의 상처이다. 그것은 아무리 채워도 부족한 무엇이 되어 인간을 끊임없이 욕망하게 만든다.

그런데 최초의 욕망의 대상인 엄마를 생애 초기에 잃었을 때 인간은 그 어디에도 가 닿지 않을 길에 드러눕게 된다. 그는 엄마를 찾기 위해 모든 길을 찾아 나서지만, 그 어느 길에서도 결코 엄마를 찾지 못한다. 오직 비정상적인 수면인 기면발작을 통해 어린 시절로 회귀해서만 온전히 엄마를 볼 수 있다. 그러나 깨어나면, 그는 더욱 고독한 길에 버려져 있을 뿐이다. 그를 버린 엄마라는, 돌이킬 수 없는 상처만 남아 있는 것이다.

도대체 엄마란 어떤 존재인가. 세상 그 누구보다 커다란 상처를 줄 수 있고, 세상 그 누구보다 커다란 사랑을 줄 수 있는 엄마란.

엄마를 통하면 세상 어디에나 당당히 나설 수 있을 것 같지만 어떤 엄마를 통해서는 깊고 깊은 상처를 어쩌지 못해 세상 어디로든 가지 못하고 되돌아오게 된다. 아무리 넓고 단단한 길이 눈앞에 뻗어 있어도 그는 어디로도 가지 못하고 엄마에게 되돌아왔다가 엄마라는 깊은 상처로부터 다시 도망치는 일을 되풀이한다. 영혼이 쉬어갈 곳이 없는 사람에게는 아무리 넓고 곧은 길이 그 앞에 뻗어 있다 해도 어느 곳으로도 갈 수 없다. 영혼은 어딘가로 가기 전에 웅크려 쉴 곳이 필요하니까.

그러니까 그 너른 세상 어디에도 갈 곳이 없는 마이크 워터스의 영혼을 보면서 내가 아주 좁은 나만의 공간을 떠올렸던 건, 엄마의 자궁이 필요했던 것일까. 너무 거대해서 나 혼자 힘으로 헤쳐 나가기에는 벅찬 세상으로 향가기 전에, 그곳으로 도망가 웅크린 채 영혼을 쉬이고 싶었던 것일까. 세상에 단 하나밖에 존재하지 않는 그곳에서.

My Own Private Idaho. 그곳은 아무도 알지 못하는 나의 열대이며, 내 생명력의 근원이며, 나를 쉬게 하고 또 내가 살아가는 동안 끊임없이 열광하게 하는, 그런 곳이다.

4.　　　　　　　　노랑 털실이
　　　　　　　　　굴러간 자리는

그때 너른 병실 창밖에서는 맑은 여름비가 내리고 있었죠. 누군가 켜둔 라디오에서 〈그대 작은 화분에 비가 내리네〉가 흘러나옵니다.

그대 떠난 이 밤이 외로워졌네. 비가 내리네, 그대 작은 화분에, 상처받은 마음을 어떻게 달랠까.

나른한 절규가 초여름의 고요한 병실에 울려 퍼졌죠. 고요한 병실에 마침 잘 어울릴 음량으로 고요함을 깨지도 않았고 적막하지도 않았죠.

커다란 병실, 열세 명의 젊은 남자들이 벽을 따라 주욱 누워 있고 한쪽 벽을 다 차지하는 너른 창문은 열려 있습니다. 그 사이로 맑은 빗소리가 들려왔고, 나른한 절규는 끊일 듯 끊이지 않았고, 누군가는 누운 채 책을 읽고, 누군가는 다시 잠에 빠져들고, 누군가는 조용히 일어나 링거를 높이 치켜들고 화장실에 갔죠.

나는 그 사이로 혈압계와 주사기를 들고 한 사람 한 사람 작은 소리로 깨우며 혈압을 재고 주사를 놓았습니다. 누군가는 잠을 깨운 게 싫다는 듯 인상을 찌푸리며 팔을 내밀고, 누군가는 으레 해야 할 일이니 자동적으로 팔을 내밀고, 누군가는 엄살을 부리며 누군가는 쪼기한 듯이 주사를 맞았습니다. 누군가는 매일 맞는 주사인데도 안 맞을 수 있으면 안 맞으려고 버티다 결국 맞기도 했지요.

병실을 다 돌고 문을 열고 나올 때까지 그대 작은 화분에는 비가 내리고 있었습니다. 내가 문을 닫아도 노래는 계속 이어질 것만 같습니다. 그 여름 동안 그 병실에서는 내내 그 노래가 불렸고, 내 기억 속에서 그 노래는 그 병실이 떠오를 때부터 사라질 때까지 끊긴 적이 없습니다. 가벼운 질병으로 입원한 환자들이라 며칠 안으로 다들 건강해져서 퇴원할 것입니다.

젊은 남자들만 입원해 있는 병실이 늘어선 ㄱ자 복도를 나와 ㄴ자 쪽 복도로 꺾어지면 나이가 천차만별에 성별도 남자와 여자가 적당히 섞인 일반인 병실이 있습니다. 가벼운 마음으로 ㄱ자 복도에 들어갔다가 돌아나올 때쯤에는 얼마간 무거운 기분이 되곤 했지요. 지금부터 가야할 곳은 심각하게 아픈 사람들이 있는 곳이었고 나는 그곳에 있는 한 사람이 죽어가고 있는 것을 알고 있었기 때문입니다. 내 발걸음은 점차 느려집니다. ㄴ자 복도에서도 노래가 들려왔다면 내 기분이 조금은 달라졌을까요? 어쩌면 그 복도에서도 어떤 노래가 흘렀을 겁니다. 다만, 그곳만의 분위기를 특징지을 노래가 아니었던 게지요.

그즈음 나는 노랑 털실로 스웨터를 뜨고 있었습니다. 샛노랑이어서 정말이지 금방 알을 깨고 나온 병아리 같았고, 털실은 차차 무더워지는 계절에는 어울리지 않았지만 색깔로는 초여름 태양의 빛을 그보다 더 잘 표현할 수 없었지요. 초여름에 웬 스웨터이냐고요? 길을 지나가다가 어느 가게에서 노랑 털실을 본 순간 덥석 집어들고 말았지요. 네 뭉치의 털실을 들고 바라보자니 스웨터를 떠야만 하겠더라고요. 스웨터를 떠보는 건 처음이었기에 여러 번 뜨고 풀고 했지만 겨울이 되기 전에는 완성할 수 있겠지, 했습니다.

아니, 사실은 제대로 된 이유가 있었어요. 군대에 가 있는 남자친구에게 떠주고 싶었던 것이죠. 지금 여기에 누워 있는 젊은 환자들과 비슷한 나이의, 그 병실에 누워 내게 주사를 맞다가 퇴원해서 다시 군대에 복귀한 남자친구에게 겨울이 되기 전에 따뜻한 스웨터를 떠주고 싶었거든요. 나는 이미 베고니아를 꽃피우려다가 실패한 경험이 있었어요. 잘 돌봐서 꽃을 피워 그에게 주고 싶었는데 어찌된 일인지 베고니아는 꽃을 피우지 못했어요. 내가 봄철 내내 들여다보고 또 들여다보며 사랑을 그리 쏟았는데 말이에요. 베고니아 꽃을 피우지 못한 채 봄을 지내버리고는, 그가 달라고 했던 것도 아닌데 괜히 빚진 마음으로 무언가 다른 것을 찾다가 털실을 보게 된 거지요.

한참 무언가 새로운 것을 배울 때 사람들이 어떤 증세를 보이는지 잘 알 겁니다. 당구를 배우던 동생이 했던 말이 생각나네요. 노트를 봐도 당구대로 보이고 모니터를 봐도 당구대로 보이고 자려고 누우면 천정마저 당구대로 보이면서 무늬들이 둥글둥글 뭉쳐 저절로 굴러간다고요.

저도 한창 뜨개질을 배울 때라 왼손으로는 실을 감고 살살 풀면서 오른손으로는 대바늘이나 코바늘을 들고 코를 잡아 바늘을 끼워넣고 실을 잡아 빼며 움직이는, 두 손이 만들어내는 일정한 리듬에 푹 빠져 있었지요. 기분이 들떠 있었지만 복도

를 걸어가 그 방문에 손을 댈 때면 어쩐지 기분이 숙연해지곤
했습니다.

그 방에는 쉰다섯의 아직은 젊은 분이 대장암 말기 선고를
받고 누워 있었습니다. 이름도 아직 선명히 기억하네요. 황모
씨였지요. 점점 야위어가는 얼굴은 그럴수록 더욱 맑아졌지요.
그분이 살아온 날들을 아직 어린 내가 다 알 수는 없겠지만, 적
어도 스스로 관리를 잘하며 살아오신 분일 거라는 짐작은 할
수 있었습니다. 그분의 부인 또한 온화한 인상으로 조용히 곁
을 지키고 있었지요. 점차 통증도 심해졌을 텐데 어떻게 그렇
게 정갈하게 유지하고 계셨는지 모르겠어요. 그분은 엄살을 부
리거나 괜히 부인에게 성질을 내거나 자신의 운명을 저주한다
거나, 울적해 있거나 하는, 대부분의 환자들이 하는 행동을 하
지 않았습니다. 항상 조용조용히 움직였고, 스스로 움직일 힘
이 남아 있는 한 스스로 움직였습니다.

나는 그분이 남은 삶을 태워가는 시간을 지켜보았습니다. 내
가 그 병동으로 오기 전에 수술을 했다가 병이 재발하는 바람
에 입원하게 되었고 더 이상은 수술을 할 수 없는 상태라는 것
을 알게 되었을 것입니다. 말기암 환자였기 때문에 자주 진통
제를 주사해야 했고 나는 처치를 하러 가면 눈을 맞추고 손목

을, 팔을 꼬옥꼬옥 몇 번 잡아드리고 나왔습니다. 그분은 언제나 수고했어요, 하고 인사를 건네시며 눈을 맞추고는 천천히 감았습니다. 산사에서 홀로 오랫동안 몸과 마음을 닦은 사람이 이렇겠지, 싶은 느낌이 들었습니다. 물론 나는 그분에 대해서는 아무것도 모르지만요.

어느 날이었습니다. 병실 문을 열고 들어섰는데 아들 둘이 와 있더군요. 그런데 내가 들어서니 다들 멈칫하는 것이었습니다. 순간적으로 그 안의 상황이 확 눈에 들어오더군요. 군대에서 휴가를 얻어 온 큰아들이 아버지 가슴 쪽에 바짝 다가앉아 있었고, 그 아래 쪽에 작은아들이 무릎에 두 손을 얹은 채 바른 자세로 앉아 있었으며, 머리맡에 앉은 부인이 노트를 펼치고 무언가 받아 적고 있었지요. 아, 아버지가 남기는 말을 적고 있구나, 하고 알아챈 나는 죄송하다며 고개를 숙이고는 얼른 돌아나왔습니다.

그리고 다른 병실을 들른 뒤에 다시 들어갔지요. 상황은 정리된 것 같았습니다. 긴장감이 돌던 분위기는 조금 풀어져 있었고 아들들은 아버지 발치에 앉아 발을 주무르다가 내가 들어가자 일어섰습니다. 나는 바이탈 사인을 체크하고 주사를 놓고 다시 소매를 잘 내려주며 팔을 주무르듯 꼬옥 잡아드렸습니다. 돌아서려는데 그분이 그러더군요. 고맙다고요. 죽어가는 사람, 냄새나고 싫을 텐데, 항상 따뜻하게 잡아주어서 고마웠다고, 잊지 않겠다고요. 나는 눈물을 쏟을 뻔해서 아니라고, 제가 당신을 만나 더 고맙다고 인사를 하고 나왔습니다. 그렇게 자기 갈 길을 정리하고 가는 사람은, 어떻게 생각해봐도 가슴에 오래 남아 있을 것 같았습니다.

마침내 병원 시트와 똑같이 허옇게 탈색된 얼굴이 되었고 다행인지 불행인지 내가 비번일 때 그분은 세상을 뜨셨습니다. 그런데 나는 그로부터 20년이 훌쩍 지난 지금까지 그분을, 이름도 얼굴도 분위기도 목소리도 너무나 또렷하게 기억하고 있네요. 그분 아들들의 얼굴은 전혀 기억하지 못하지만 아마도 내 나이가 되어 있을 듯합니다.

오래 입원해 있어서 가까이 지내던 환자나 특별히 마음이 갔던 환자가 세상을 뜨면 장례식장에 가서 작별인사를 하곤 했지요. 그런데 그분의 장례식에 간 기억이 없는 걸로 봐서는 제가 좀 긴 휴가를 가질 때였던 것 같습니다.

나는 결국 스웨터를 완성하지 못했습니다. 그 털실이 몹시 마음에 들었던, 내게 뜨개질을 가르쳐주던 선배가 털실을 빌려갔는데 똑같은 것을 구할 수 없다며 돌려주지 않지 뭡니까. 나는 몸판을 다 뜨기도 전이었는데 그녀는 이미 스웨터를 다 떠서 입고 다녔고, 나는 팔 부분을 뜰 실이 모자라 그만 조끼로 만들어버리고 말았습니다. 다 큰 남자가 입기에는 너무 작았고 그걸 남자친구에게 줄 수는 없었습니다. 내 털실로 스웨터를 만들어서 이쁘게 입고 다니던 선배에게 돌려달라고 말 한마디 해보지 못했던 바보같이 미숙했던 시절.

나는 그 조그만 조끼를 보며 그분에게 노랑 스웨터를 입히고 싶다는 생각을 했습니다. 나이 든 아저씨에게는 어울리지 않을까요? 그 앙상한 몸에 이렇게 복슬복슬한 샛노랑 스웨터를 입혀드렸으면 싶었습니다. 한 번쯤 그런 스웨터 입어보고 세상을 뜨셨다면, 얼마나 좋았을까요.

내 아버지에게 떠드렸다면 너무너무 좋아하시며 입고 다니셨을 텐데, 하는 생각도 듭니다. 동네방네 자랑하면서요. 언젠가 사드린 진분홍색 니트 조끼 하나 가지고도 우리 딸내미가 이쁜 색깔로 입으라고 했다면서 자랑하셨으니까요.

내 아버지가 아프시다가 돌아가셨다면, 그렇게 갑작스럽게 돌아가시지 않고 우리에게 시간을 좀 주셨다면, 체격 좋으셨던 아버지가 앙상하게 말라갔었다면 노랑 스웨터를 떠서 입혀드렸을까요. 그건 이제 와서 하는 생각일 뿐일까요.

결국, 스웨터가 되지 못한 노랑 조끼는 내가 입고 말았습니다. 내 남자친구는 스웨터를 말로만 들어봤을 뿐 받아보지 못했지요. 아주 복잡한 사연을 가져버린 노랑 조끼. 스웨터가 되지 못했다는 부끄러움에 조끼조차 주지 못한 내 소심함.

앙상하게, 하얗게, 정갈하게 말라가던 아저씨를 생각하면 노랑 스웨터가 생각납니다. 아무에게도 입히지 못했던 바보 같은 스웨터. 너무 속이 상해서 나조차 두어 번 입고 말았던 조끼가 된 스웨터. 속마음을 말로도 행동으로도 잘 표현하지 못하고 어쩔 줄 몰라했던 바보 같았던 시절도 함께 말입니다.

5.   Knocking On
                            Heaven's Door

Before I die

얼마 전 〈워싱턴포스트〉에 이런 기사가 실렸다.

도시의 거리에 칠판이 하나 걸렸다. 그 칠판에는 'Before I die…'
라는 글자가 적혀 있었고 지나가는 사람들이 그 옆에 자신의 소원
을 적을 수 있도록 했다. 이 프로젝트를 기획한 타이완계의 공공예
술가 캔디 창은 "사람들이 가장 중요한 것을 기억하기를 바라는
마음에서 작업을 시작했다"고 말했다.

지난해 2월, 그녀는 TED 펠로fellow로 참여해 도시에 공공 미술

작품을 설치하는 차원에서 이 프로젝트를 진행했다. 뉴올리언스에서 처음 시작된 이 프로젝트는 현재 미국 주요도시를 비롯해 영국의 런던, 포르투갈의 리스본 등 전 세계 30여 곳에서 진행되고 있다.

도시마다 소원의 내용이 다른 점도 흥미롭다. 캔디 창은 워싱턴에서는 특히 정치와 권력에 관한 내용이 많았다고 밝혔다. 워싱턴의 칠판에는 '팔레스타인 해방' '장군되기' '트랜스젠더 대통령 취임'과 같은 바람이 적혀 있었으며, 다른 도시에서는 거창하지 않은 소원이 많았다. 예를 들면, '매일 감사하다고 말하기' '할머니를 기억하기' '완벽한 치즈케이크 만들기' 같은 소박하지만 자신을 일깨우는 말들이었다.

반면 엉뚱한 소원을 적은 사람도 있었다. '프랑스 염소 목동 되기' '버터 만들고 남은 우유에서 수영하기' 같은 것들이었다.

이 기사를 읽으며 엉뚱한 소원이 더욱 많이 실려 있기를 바랐지만 아쉽게도 더 알 수는 없었다. 나는 전 세계의 수많은 사람들이 무엇이라 썼을까 너무나 궁금했다. 나도 깨끗이 비워놓은 노트에 소원을 써볼까.

Before I die. 언젠가 나는 만나는 사람들에게 죽기 전에 하고 싶은 일이 무엇이냐고 공공연하게 물어봤었다. 대부분은 아무 말도 하지 않고 생각에 잠겼고, 누군가는 자기만의 콘서트를 열고 싶다고 했고, 몇몇은 지금 하고 있는 일을 열심히 하겠다고 했으며, 누군가는 결혼을 꼭 해야겠다고 했다. 누군가는 '당신이 죽기 전에'라는 말 자체에 굉장한 반감을 보이기도 했다.

그때 나는 내가 들어갈 수 있는 한 가장 깊은 바닷속으로 들어가 보겠다고 했다. 수영을 배우려고 그토록 애를 썼지만 숨막히는 것에 대한 공포가 너무 심해서 결국 배우지 못했던 내가 하고 싶은 것은 바닷속으로 들어가기이다.

사람들은 대부분 자신의, 또는 가까운 사람의 죽음을 가능한 한 생각하지 않으려 한다. 그리고 죽음에 대해 이야기하는 것조차 경망스럽게 여겼다. 우리 민족은 죽음을 유난히 커다란 금기로 여기고 있어서 입에 올리기라도 하면 방정을 떤다며 경멸했기 때문에 대체로 입을 다무는 편이다. 하지만 정작 노인들은 스스로의 죽음에 대해 소박하게나마 종종 말을 하곤 한다. "이렇게 여기저기 아프다가 가는 거지, 뭐." "아이고, 내가 빨리 죽어야지." "자는 것처럼 죽었으면 좋겠다." 이런 말들을 반복적으로 되뇜으로써 죽음에 대한 불안감을 해소하려고 한다. 젊은이들은 죽음에 대한 이런 대화에 끼어들 수는 없지만 가까운 사람의 죽음을 계기로 남몰래 죽음에 대해 생각해보는 기회를 갖곤 한다.

서양에서는 최고의 유머를 자신의 최후를 두고 하는 것이라

했다. 두 노인네가 『시끌벅적한 철학자들 죽음을 요리하다』 같은 책을 통해서 온갖 철학자들의 입을 빌려 자신들의 죽음에 대해 수다를 떨 수도 있는 것이다. 그렇게 동양과 서양은 금기에 대한 태도가 다른 것이 많다. 요즘은 서구식 교육을 받은 세대가 늘어남에 따라 자신의 죽음에 농담을 섞어 무겁지 않은 표현을 곧잘 하게 되었다. 게다가 '잘 사는 것은 곧 잘 죽는 것'이라는 말이 번지면서 잘 죽기 위해서는 준비도 잘해야 한다고들 한다. 물론, 그건 세상에서 가장 어려운 일이리라. 죽기 전에 죽음을 준비한다니, 도대체 어떻게?

내가 태어난 것을 기억하지 못하고 알지 못하는 것과 마찬가지로 내가 어떻게 죽게 될지는 알 수가 없다. 더구나 내가 어떻게 죽어야 할지 스스로 선택해야 하는 단계에 이르면 대부분 입을 다물게 된다. 하지만 내심 바라는 것은 많은 것 같다.

그래서인지 죽음을 두려워하는 사람들의 내면을 반영하는 드라마나 영화가 의외로 굉장히 많다. 죽음을 소재로 한 영화들은 대개 죽음을 앞에 두고 그동안 가슴에 품었던 증오를 풀거나 못 해본 것을 실컷 해보는 것들이 많다. 어떤 영화는 주인공이 죽을 병이라는 선고를 받고 재산을 모두 탕진했는데 의사로부터 오진이었다는 말을 들으며 황당해하는 경우를 그린다. 어떤 영화는 죽음을 앞둔 사람들을 주인공으로 내세우며 그들이 최후의 소망을 이루는 방법으로 범죄를 저지르게도 한다. 죽음은 유일한 불가역. 죽음을 앞둔 사람은 세상에서 가장 불행한 일을 겪을 것이기에 자신의 모든 실수와 모든 치기와 심지어 범죄까지도 용서받는, 용서받을 거라는, 그런 심리가 내재되어 있는 것을 볼 수 있다.

천국의 문 가까이

〈노킹 온 헤븐스 도어Knocking On Heaven's Door〉는 내륙지방에 살아서 바다를 한 번도 본 적이 없는 독일의 두 젊은이가 죽음을 앞두고 바다를 보러 가면서 좌충우돌 사건을 벌이는 경쾌한 영화이다. 골수암 말기를 선고받은 남자와 뇌종양 말기인 남자가 한 병실에 입원하게 되었는데 우연히 병실 테이블 서랍 속에서 데킬라를 발견한다. 두 젊은이는 한밤중에 데킬라와 함께 먹을 소금과 레몬을 훔치러 병원 식당에 숨어든다. 데킬라를 홀짝거리며 소금을 찍어 먹던 두 사람은 문득 바다를 떠올린다.

뇌종양으로 며칠 살지 못할 매력적인 젊은이가 눈물을 참으며 벌게진 눈으로 꿈꾸듯 말한다.

"해변에선 짜릿한 소금내, 바람은 파도에 씻기고, 뱃속은 무한한 자유의 따사로움이 가득차네. 천국에서는 한 가지만 이야기하지,

바다의 아름다움과 바다에서 바라본 석양을 이야기할 뿐이야."

그렇게 누군가의 시구를 읊은 뒤에 묻는다.

"우린 천국의 문 앞에서 술을 마시는 거야. 그런데 한 번도 바다를
본 적이 없다고?"

두 사람은 술김에 의기투합하여 당장 바다로 가자고 벌떡
일어선다. 교통신호 한 번 어겨본 적 없는 두 사람은 바다로 가
기 위해 악당들의 벤츠를 훔쳐 타고 모험 속으로 뛰어든다. 하
필 벤츠에는 백만 달러가 들어 있었고 그들은 그 돈으로 그동
안 하고 싶었던 일을 한다.

한 번도 가본 적 없는 바다를 보러 가는 것이 곧 한 번도 가
본 적 없는 천국의 문을 두드린다는 의미를 갖고 있는 이 영화
는 거대하게 펼쳐진 채 무심하게 파도를 일으키는 바다에서 천
국에 이른 듯한 평온을 느끼며 스르르 쓰러지는 장면으로 끝이
난다. 바다는 모든 생명의 근원이자 종국에 잠들 곳이다. 거대
한 바다는 그들을 바다 깊은 곳으로 데려갈 듯 끊임없이 파도
를 일으키며 몰려온다.

그런데 이 두 젊은이는 아픔을 겪으며 점점 죽음에 가까이

가면서도 마치 다시 살아날 것 같은 착각을 불러일으킨다. 두 사람이 공통된 문제를 갖고 있기에 서로 깊이 교감하고 깊이 아끼고 서로를 위해 즐거운 일을 만들어냈기 때문일까. 단지 무겁게 분위기를 이끌지 않는 코믹 범죄 드라마여서일까. 아니면 그저 젊은이들이라서일까.

그 영화를 보면서 나는 내가 아는 두 젊은이를 떠올렸다. 백혈병에서 완전히 벗어난 건강한 두 젊은이를.

참, 이상한 일이다. 어째서 죽어가는 젊은이들을 보며 병에서 완전히 회복된 젊은이를 떠올린 것일까. 사람의 연상 작용은 단계를 훌쩍 뛰어넘곤 하지만 굳이 연결고리를 찾으려 애쓸 필요가 없을 것 같다. 젊은이는 이유 여하를 막론하고 회복되어야 하니까 말이다. 그들을 회복시켜야만 지켜보는 우리의 삶 역시 회복될 테니까. 결국 그 젊은이들은 천국에 이르렀을 테고, 그곳에서 그들은 마지막으로 보았던 아니, 종국에는 돌아갔던 바다를 이야기할 것이기 때문이다.

"해가 질 때 불덩어리가 바다에 녹아드는 모습은 정말 장관이지. 모든 불이 녹아들었을 때 유일하게 남아 있는 불은 촛불같이 남아 있는 마음속의 불꽃이야."

가까운 사람이 불행한 일을 겪었을 때, 특히 사랑하는 사람을 잃었을 때 대부분의 사람들은 자기 잘못이 없음에도 그 불행에 대해 죄책감을 느낀다. 단지 그 불행을 예상하지 못했고 그래서 그 불행을 막지 못했다는 이유로 스스로를 벌주려고 하고 충분히 벌을 받았다고 생각될 때까지 그 상황에서 벗어나려 하지 않는다.

집안에 아픈 사람이 있으면 크게 웃지도 못하고, 웃을 일을 만들지 않는 게 아픈 사람을 위하는 길이라고 생각한다. 그런데 때로는 아픈 사람도 자기가 아픈 상태라는 것을 잊고 싶어 한다. 어쩌면 가능한 한 자주 잊고 싶어 한다. 아픈 사람들은 자기가 아프다는 것을 주위 사람들이 잊지 않고 계속 주시하며 돌봐주기를 바라는 마음과 함께 자기가 아픈 상태라는 것을 잊고 싶은 이율배반적인 심리를 갖고 있다.

젊은 환자들

남자들이라면 젊은 여자 환자에 대한 환상이 있을 테고, 여자들도 젊은 남자 환자에 대해 조금쯤은 환상을 가지고 있을 것이다. 게다가 백혈병이라면 거의 모든 멜로 드라마의 단골 불치병이었다. 젊은 시절의 나 또한 어느 정도는 심각한 병을 앓는 또래에게 호기심을 갖고 있었던 게 사실이다.

내가 내과 병동으로 갔을 때 그곳엔 특별한 환자들이 몇 명 있었다. 백혈병을 앓는 이십 대 초반의 남자 네 명, 그리고 열 살가량의 소년. 진단상으로는 급성 백혈병이었지만 증상은 거의 없는 환자가 둘이었고 급성기 증상이 나타나서 집중치료를 받은 뒤 서서히 회복되어가는 환자가 한 명, 점점 악화되어가고 있는 환자가 한 명 있었다. 그리고 옆방에는 상태가 안 좋은 어린 소년이 있었다.

급성기 증상에서 빨리 회복되었던 환자 중 한 명은 ―편의상 '김'이라고 하자― 얼마나 건강했던지 체격도 좋고 근육질인 데다 성격도 활발하고 붙임성도 좋았다. 그는 의료진과도 좋은 관계를 맺고 있었다. 그 당시 우리 병원은 업무나 시설이 현대적이지 않았고 의료진도 세련되지는 않았지만 인간적으로 친밀해서 장기 입원 환자들에 대해서는 각별히 애정을 쏟곤 했었다. 지금은 대체로 어느 병원이나 의료진이 환자에게 친절하고 세련되게 대한다. 그런데 살가운 점은 예전만 못한 것 같다. 물론 직업인으로서는 친절하고 정확한 관계가 허술하고 촌스러운 것보다는 나으리라고 본다. 나 역시 좋은 대접을 받고 싶으니까 말이다. 어찌 되었든, 그때의 우리는 환자에 대한 애정이 몹시 깊었다고 자부할 수 있다. 우리는 사무적인 업무 처리 이상으로 환자들의 개인 사정까지 챙겼으니 말이다.

매주 월요일에 혈액 검사를 하고 그 결과가 건강하게 나오면 의료진은 "나보다 건강해! 나보다 건강하다고!" 하면서 환자를 축하해주곤 했다. 김은 언제나 축하를 받는 환자였다.

김은 운동을 열심히 하고 항상 즐겁게 웃고 옆 병상의 환자들도 보살펴주었다. 그뿐만 아니라 같은 병동에 있는 환자들도 서로 같은 또래인 데다 같은 병을 앓는 터라 동병상련이 남달랐다. 그래서 한 명이 항암치료를 하는 시기가 되면 나머지 동료들이 그 사람을 극진히 돌보곤 했다. 상황이 조금 더 안 좋은 환자는 부모가 오며가며 돌봤지만 병실 동료들이 돌보는 시간이 더 많았다.

한 환자는 골수이식수술을 받을 예정이라서 돈이 많이 필요했고 부모가 모두 눈코 뜰 새 없이 일을 해야 했다. 아버지가 심각한 상태의 아들에게 매달려 있으면서 간호를 하는 경우도 있었지만, 부모가 병구완하느라 그럴 형편이 안 되는 경우도 많았고, 또 퇴원하고 난 뒤에 아들의 추후 건강관리를 위해서도 돈이 많이 필요하니만큼 생업에 전념해야 하는 경우도 많았다.

이들은 다른 병원의 환자들과 다른 점이 하나 있었는데 그건 모두 군인이었다는 점이다. 군인들이 입원하는 우리 병원의 특수성과 군인 신분이란 환자들의 특수성 때문에 그들은 치료비를 내지 않고도 치료를 받을 수 있었다. 그것은 환자들이 경제적인 문제란 심리적 압박에서 벗어나 치료에만 집중할 수 있는 좋은 조건이 되었을 것이다. 악성질환을 앓는 사람들은 경제적인 압박 때문에 심리적으로 위축되기 마련이다. 그것이 회복에 지장을 주지 않는다고 말할 수 없기 때문에 그런 면에서는 비교적 덜 고통스러웠으리라.

돌봐주러 올 부모나 형제가 없을 때 그들은 형제 이상으로 서로를 아낌없이 돌봐주곤 했다. 병실 분위기는 항상 밝았고, 매번 즐거운 음악이 흘러나왔으며 활기찼다. 젊은이들이 모여 있는 병동의 특징이었을까. 그런 환경은 몹시 감동적이었다. 그들은 서로가 서로를 의지하고 있어서 덜 외로웠다.

김은 자기가 빨리 회복된 점을 항상 감사하게 여기며 친구들을 자진해서 돌봤다. 김이 앓고 있던 임파구성 백혈병은 골수구성 백혈병보다 예후가 좋은 편이긴 한데, 그는 유독 다른 환자에 비해 증상이 빨리 사라져서 의사들은 그의 케이스를 모범적으로 여기며 다른 환자들에게 희망을 주곤 했다. 김의 활발하고 낙천적인 성격은 물론이고, 보통 이상으로 건강했던 점도 그를 빨리 회복시켰을 것이다. 우리는 그가 계속 건강한 상태를 유지하도록 운동을 꾸준히 하라고 기운을 북돋아주곤 했다. 그는 우리 모두의 자랑거리였다.

김이 항암치료를 받을 때면 그동안 그에게 도움을 받았던 친구들이 나서서 그를 챙겼다. 그가 토할 때는 비닐봉지를 대주었고, 대소변을 받아주었고, 열이 나면 곧바로 열이 난다고 스테이션으로 달려왔고, 견디기 어려워할 때면 진통제를 놔달라고 요구하러 왔다. 혈장을 열 팩씩 수혈 받을 때도 역시 어떤 부모가 그렇게 할까 싶을 만큼 세심하게 돌봐주었다. 항암치료가 끝나면 죽을 떠먹여주고, 수액을 들고 화장실에 따라가 주었다. 그것을 보고 남자들 역시 여자 못지않게 살뜰히 간호할 수 있다는 것을 알았다. 젊은 남자들은 서로 번갈아가면서 돌보고 또 돌봄을 받았다. 어떤 공동체가 그렇게 할까, 싶을 정도였다. 동병상련이라는 게 이토록 큰 힘을 발휘한다는 게 놀라웠다. 같은 나이대의 같은 병을 앓는, 동료들의 우정. 그들과 비슷한 나이었던 나는 가끔 전율을 일으킬 정도의 어떤 영향을 받았던 것 같다.

항암치료를 충분히 받은 김은 마침내 백혈병이 관해되어 퇴원을 했다. 물론 앞으로도 몇 년 동안은 지속적으로 내원해서 검사를 받아야 하며 필요하면 항암치료를 더 해야 할지도 모른다고 했지만 그는 그 이후로 재발 없이 완전 관해가 되었다.

그가 건강하게 옆 병상의 친구들을 돌볼 때 또 한 명의 환자가 천천히 회복되어갔다. '회복기 당신의 발'에서 소개했던 환자이다. 편의상 강이라고 하자. 강은 김과 같은 임파구성 백혈병이었는데 급성 발병기가 오래간 경우였다. 앞에서 말했다시피 아버지가 지극히 간호를 했고 천천히 회복된 뒤에는 김이 했던 것처럼 옆 병상의 친구를 돌봤다. 강은 조금은 내성적이고 조용한 성격이었다. 붙임성도 아주 좋은 편은 아니고 수줍어하며 서서히 가까워지는 타입이었던지 회복되던 중에도 와락 친해지지는 않았다. 그렇지만 그런 사람이어서 오히려 오래 고마움도 관계도 잊지 않는 사람이었던 것 같다. 그는 퇴원 후 몇 년 동안 외래 진료를 받으러 서울에 올 때마다 병동에 올라와서 아는 사람들에게 인사를 하고 갔다.

젊은 죽음

그들이 회복되어가는 도중에 같은 병실에 있던 환자 한 명과 옆방의 소년이 세상을 떠났다. 같은 방에 있던 악성빈혈을 앓던 한 환자는 – '서'라고 하자 – 골수이식을 받으러 큰 병원으로 갔다가 수술을 받기도 전에 세상을 떠났다. 우리는 망연자실했다. 그는 혈액소견이 약간 비정상적이긴 했지만 관리가 잘 되어서 출혈을 일으키거나 평소 생활에 지장을 주는 일은 전혀 없었다. 주기적으로 수혈을 받으며 안정적인 상태를 유지했다. 혈액소견도 3년 이상 일정하게 유지되었기 때문에 수술받는 데 큰 무리가 없을 것이라 판단해서 친형의 골수를 이식받기로 하고 보냈던 것이다.

그런데 서는 병원을 옮기고 나서 매일 전화를 했다. 그는 무균실에 혼자 있어야 했고 너무 외로웠던 것이다.

"다들 아무 말도 안 붙이고 딱 필요한 말만 하고 나가. 너무 차가워. 돌아가고 싶어. 누나, 나 수술 안 받고 싶어."

그는 매일 그렇게 하소연했다. 그의 말을 들으면서 우리는 외로움이 얼마나 병에 안 좋은 영향을 끼치는지 짐작할 수 있었다.

그는 완치를 위해 수술을 받으려고 3년 넘게 있었던 우리 병원을 떠났던 것이다. 서로서로 따뜻하게 밥을 챙기고 표정을 살피던, 조그만 일이 있어도 모두 이야기하고 그 이야기들을 다 받아주던 우리 병원으로 돌아오고 싶다고 했다. 그는 막냇동생 같았던 사람이었다. 해사하니 항상 속 좋게 웃으며 정감 있게 행동하던 귀염둥이였다. 그런 성격이어선지 무균실에서 몇 달이나 보내야 하는 것을 몹시 답답해했다. 한정된 공간에서만 생활했기 때문에 운동이 부족해서 상태가 안 좋아졌는지 어쨌는지 출혈을 했고, 갑작스레 터진 출혈을 잡지 못했다고 했다. 나는 그를 보내고 오랫동안 마음이 아팠다. 지금도 그의 얼굴과 이름이 선명하다. "○○야, 과일 들어왔는데 가져가서 먹을래?"하면 헤헤 웃으며 갖고 가서는 병실 동료들과 나눠 먹던 일이 잊히지 않는다.

누나, 돌아가고 싶어. 그에게 누나라고 불렸던 우리는 돌아오라고 할 수 없어서 얼마나 마음이 아팠던가. "잘 참고 수술 잘 받고 돌아와, 우리가 어디 가겠니? 네가 돌아올 때까지 여기 있을 테니까 걱정 말고 수술 잘 받아." 그랬었는데 얼마 되지 않아서 나쁜 소식을 들어야 했다. 그 아이와 함께 3년 동안 같은 병실을 쓰며 회복되어가던 김과 강은 어떤 마음이었을지. 그 둘 역시 한동안 아무 말도 하지 못했다. 우리 모두는 아무 말도 할 수가 없었다.

그들은 병원에 오래 있었기 때문에 여러 사람들을 지켜볼 수밖에 없었다. 많은 사람들이 그들이 처음 병원에 실려 왔을 때의 모습으로 실려 왔지만 그들처럼 회복되지 못하고 가는 길이 엇갈리곤 했다. 그것을 지켜볼 때마다 그들의 심정이 얼마나 여러 번 천국과 지옥을 오고 갔을지, 우리가 어떻게 짐작이나 할 수 있겠는가.

그즈음 악화되어가던 한 환자가 또 세상을 떠났다. 살려줘! 누나, 살려줘! 그렇게 외쳤다. 펑펑 출혈을 일으키며 중환자실로 실려가면서 그는 계속 소리쳤다. "살려줘!" 그의 단말마가 복도

끝까지 울려 퍼졌다. 그는 혼자 세상을 떠나야 했다. 나는 젊은 이들이 세상을 떠나는 것을 지켜보는 것이 너무나 힘들었다. 세상은 그들에게 참 가혹했다. 나 역시 그런 일을 겪기 2, 3년 전에 한 사람을 잃었기 때문에 슬픔을 가누기가 힘들었다.

남은 환자들은 세상을 떠난 친구의 어지럽혀진 병상을 어떤 심정으로 바라보았을까. 그들은 말없이 병상을 정리했다. 시트를 벗겨서 세탁물 바구니에 넣고 여러 명의 의료진이 달라붙어 응급처치를 하느라 비뚤어진 병상을 밀어서 벽에 붙이고, 벽에 붙어 있는 의료 장치에 아직 꽂혀 있는 모든 관을 뽑으면서 어수선한 분위기를 가라앉혔다. 그들은 절망과 회복을 직접 겪었을 뿐만 아니라 함께 밥을 먹으며 함께 밤을 지새고, 고통을 잊도록 말을 나누고, 병에 대해 설명해주거나 치료 방향을 알려주고, 회복하는 자기만의 노하우를 나누던 친구를 눈앞에서 잃어야 했다.

그래서 그들은 본인들이 얼마나 큰 행운을 가졌는지 잘 알았다. 자만하지 않았고 말을 아꼈으며 항상 고맙다고 인사를 했다. 우리에게 고맙다기보다 하늘에 고마웠던 게다. 강이 퇴원할 때 우리는 한껏 축하해주었다. 강을 보면서 잃어버린 서를 떠올렸지만 전혀 내색하지 않았다. 할 수만 있다면 풍선을 띄우며 축하해주고 싶었다. 그토록 어려운 시기를 이겨낸 그들은 세상의 축복을 받을 만했으니까.

강이 고향으로 돌아가 학교에 복학하고 꾸준한 치료를 받고 완전 관해되었다는 소식과 함께 워킹홀리데이 비자를 받아 먼 나라로 여행을 떠날 예정이라는 말을 들었을 때, 그가 짙푸른 하늘 아래서 빨간 사과를 따는 모습이 후딱 스쳐갔던 것을 기억한다. 그리고 한참 뒤에 마지막 진료라면서 인사를 온 강이 까맣게 그을린 얼굴로 하얀 이를 드러내며 활짝 웃는 것을 보았다. 그때 〈노킹 온 헤븐스 도어〉를 보았었더라면 함께 데낄라를 마시지 않았을까.

나는 그들이 천국의 문턱에서 다시 세속으로 돌아온 것을 축하하며 데낄라를 높이 들어 건배를 하고 싶다. 소금과 레몬 역시 듬뿍 쌓아두고서. 당신늘에게는 시간이 충분하니 세상의 바다란 바다는 다 다녀오자, 그래서 천국에 가서 할 이야기를 많이 만들자.

6. 　　　　　　　　그로칼랭,
　　　　　　　　　　열렬한 포옹

"사랑을 한마디로 정의하면 뭐라고 생각해?"

　사랑하는 연인이 있었거나 있는 사람이라면 이런 질문을 해보거나 들어본 적이 있을 것이다. 누가 먼저 물었건 간에 이런 질문을 받으면 대답해야 할 의무를 지게 되는데, 질문을 받은 사람은 뭐라고 대답할까. 대부분 여자가 먼저 물을 확률이 크다. 여자가 그렇게 물었다. 남자는 이렇게 대답한다.
　"음…. 사랑은 서로 기댈 수 있게 등을 내주는 것이야."
　이런 대답을 들은 여자는 대부분 실망할 것이다. 조금은 뾰

로통해져서 이렇게 대답하겠지.

"무슨 사랑이 그렇게 심심해. 내가 생각하는 사랑은 서로 꼭 안아주는 것이야."

남자는 고개를 가로저으며 대답한다.

"사랑도 지칠 때가 있는 거야. 그럴 때 등을 내주는 게 진정한 사랑이지."

여자는 더욱 뾰로통해져서 저런 게 사랑이라고 생각하는 사람과 나는 과연 사랑을 하고 있는 것일까, 하고 은근히 불만을 갖게 된다. 그래서 여자는 물러서지 않는다.

"사랑을 하면 언제나 힘이 나야지. 그래서 연인이 힘들어할 때마다 가슴에 품고 다독여줄 수 있어야지."

남자는 이제 기운이 없다는 듯 가로젓는 고개의 힘이 약해진다.

"사람이 말이야, 그렇게 오랫동안 힘차게 사랑할 수는 없는 법이야. 화르르 타고 금세 꺼지는 휘발유보다 은근하지만 오래 타는 등유 같은 사랑이 좋은 거지. 그러니 은근히 오래가게 힘을 조절해야 한다고."

여자는 그렇게 금세 힘이 딸리는 남자와 오랫동안 사랑을 할 수 있을까 더욱 의심을 하게 된다. 무슨 사랑이 그래. 그래서 여자는 쐐기를 박는다.

"나는 매장량이 아주 풍부한 유전이야. 그래서 오랫동안 활활 타오를 수 있다구."

힘들 때 기댈 수 있도록 등을 내어주는 것, 힘들 때 따뜻한 품을 열어 안아주는 것. 어떤 게 더 깊고 진한 사랑일까.

천만인이 사는 대도시 파리에서 비단뱀을 기르는 한 남자가 있다. 그는 자기가 가진 두 팔만으로는 자기를 안는 것이 너무 부족해서, 가슴을 끌어안으면 옆구리가 비고 옆구리를 끌어안으면 가슴이 비어서, 그 허전함을 메우려고 2미터 20센티의 길고 긴 팔을 가진 비단뱀을 기른다. 비단뱀은 천성적으로 붙임성이 좋단다. 사람을 보기만 해도 칭칭 감도록 타고났으니 말이다. 수많은 사람이 살고 있지만 자신을 거들떠보는 여자가 한 명도 없는 외로운 도시에서 비단뱀이야말로 인사를 건네기도 전에, 외롭다며 안아달라고 말하기도 전에 스르르 다가와 빈틈없이 자신을 칭칭 감아 안아준단다.

그래서 그 비단뱀의 이름은 '그로칼랭gros-calin'이다. 프랑스 작가 로맹 가리의 소설 제목이기도한 그 이름은 열렬한 포옹이라는 뜻이다. 황금색과 초록색과 갈색이 황홀하게 뒤섞인 길디긴 몸으로 카펫에서 뒹굴다가 눈을 들어 자신을 쳐다볼 때면 어쩜 그렇게도 자기 맘을 잘 아는 것 같은지 모르겠단다. 그리고 비단뱀이 자기 몸을 칭칭 감고 꼭 조여주면서 자기 목에 머리를 기대면 다정하게 사랑을 받는다는 기분이 든단다. 마음도 그렇게 편안하게 놓인단다. 열렬한 포옹은 사람의 긴장을 누그러뜨리고 행복감에 젖게 해준다더니, 비단뱀의 포옹도 그런가 보다.

그렇게 해줄 여자가 필요하지만 이미 말했다시피 그에게 관심을 두는 여자는 단 한 명도 없다. 그래서 주변 동료들은 그에게 말한다. 비단뱀에게 관심을 두느니 사람들과의 대화법을 익히는 게 더 낫지 않겠느냐고. 물론 그는 사람들과 대화한다. 다만, 사람들은 너무 바빠서 그가 무엇을 말하고자 하는지 제대로 듣지 못할 뿐이다. 말을 더듬고 자기 표현을 능란하게 하지 못하는 그에게 귀를 기울여줄 시간이 없기 때문이다. 그러니 대화법을 굳이 익히지 않아도, 그가 원하는 것을 말하지 않아도, 천성적으로 타고난 친밀함을 본능적으로 따르는 비단뱀이 그에게는 마침 딱 맞는 것이다.

나는 작가인 로맹 가리도 좋아하지만, 소설 속 주인공이 그 로칼랭을 만난 것이 무엇보다 좋았다. 내가 원하는 것을 갖지 못한다고 해서 그것을 대신할 수 있는 그 무엇도 갖지 말란 법이 있나. 그리고 얼마 전, 이런 기사를 보았다.

1995년, 미국 메사추세츠주의 한 병원에서 있었던 일이다. 태어난 지 얼마 안 된 미숙아 쌍둥이가 있었다. 한 아이는 몸이 너무 안 좋아서 인큐베이터에서 죽음을 맞이할 수 밖에 없었다. 이 아이를 불쌍히 여긴 한 간호사가 병원 수칙을 어기고 다른 쌍둥이 형제를 같은 인큐베이터에 넣었다. 그러자 건강한 아이가 자신의 팔을 뻗어 아픈 아이를 포옹하는 것이 아닌가. 놀랍게도 아픈 아이의 심장 박동도, 체온도 모두 정상으로 돌아왔고 얼마 뒤에는 건강해졌다고 한다.

'포옹의 힘'이란 이 기사에는 인큐베이터 속에서 포옹을 하고 있는 아주 작은 아기들의 사진이 실려 있었다. 아닌 게 아니라 한 아기가 팔을 둘러 다른 아기를 안고 있었다. 눈시울이 금세 시큰해지고 명치끝에서 뜨거움이 울컥 올라오게 만드는 기사였다. 그래, 이쯤 하면 품에 안아주는 것이 더 깊고 더 진한 사랑 맞는 것 같다.

세월이 조금 더 흘러 사람을 깊이 믿게 되면 사랑하는 그의 등에 기대고 싶다는 생각이 든다는 것을 알았다. 깊이 믿는다는 것은, 오래 겪어오면서 이런저런 변덕과 변화에도 불구하고 본질은 그대로라는 것, 인간 자체를 믿는 것이다. 그래야만 숨차게 달리다가도 경기 중간에 등에 기대어 한숨 돌릴 수 있는 것이다. 그러니 깊이 믿는다는 것은 깊고 진한 사랑 다음에 할 수 있는 것 아니냐고, 그게 더 사랑일 것이라고 말하는 사람도 있을 것이다.

하지만 어쩌랴. 깊고 진하고 격렬한 사랑 없이도 어떤 사람들은 깊이 믿는 단계에 이를 수 있을 테니까 말이다. 게다가 그런 사랑이라고 해도 깊은 믿음에 이른다는 보장이 없으니 말이다. 그래서 그렇게 격렬한 사랑을 훌쩍 건너뛰어 곰삭은 믿음으로 직행할까 봐, 막 사랑을 시작한 애송이들은 싫다고 화를 내는 것일 게다. 든든한 등을 바라는 사람에게 지칠 때만 나를 필요로 하는 것이냐고, 사랑의 애송이들은 화를 내는 것일 게다.

포옹의 힘을 믿는 사랑의 애송이들은 포옹의 힘을 역설하다 못해 심지어 만인에게 내 품을 벌려주겠다며 프리 허그까지 하는 판이다. 이토록 포옹을 필요로 하는 시대. 이토록 사랑의 애송이들의 열렬한 힘이 필요한 시대.

더 오래 살아보면 등을 기대는 것이 얼마나 필요한 일인지 깨닫게 되겠지만, 아직 포옹이 더 필요한 그대들은, 사랑의 애송이들은 실컷 애송이의 시절을 즐겨라.

그래, 무엇보다 열렬한 포옹을 이기는 것은 없다고, 나는 결론을 내린다. 미숙아들을 두고 한 실험이 있지 않은가. 쌍둥이

미숙아 중에 포옹을 받은 아이가 빨리 정상적으로 건강해졌다고. 우리는 모두 열렬한 포옹을 필요로 하는 약한 존재임을.

7.   하얀
배냇저고리 1

얼마 전에 복잡했던 일들이 풀려가기 직전에 꾼 꿈 하나로 나는 그동안의 불안했던 삶이 편안하게 풀린 기분을 맛보았다.

이런저런 꿈 끝이었다. 어떤 방에 들어갔는데 가로로 긴 새하얀 수납장이 있었다. 문을 열어보니 치즈 빛깔의 복슬복슬한 커다란 고양이가 편안히 자고 있었고 갓난아기가 고양이 배에 뺨을 묻고 쌔근쌔근 자고 있었다. 고양이의 숨결에 따라 아기가 오르락내리락하는 모습이 어찌나 평화롭고 행복해 보이던지 나까지 덩달아 행복해졌다. 한참을 보고 있는데 아기가 주르륵 미끄러지기에 내가 다가가서 아기를 안아 포대기를 꼭꼭

여며주고는 다시 고양이 배 위에 올려놓았다. 아기는 고양이 배에 뺨을 묻으며 잠결에 미소를 지었다. 그날 눈을 뜨면서 이렇게 행복한 꿈을 꾸며 잠에서 깰 수 있었다는 것에 얼마나 감사했는지 모른다.

세상에서 가장 사랑스러운 존재, 갓난아기. 팔에 안긴 아기의 더할 나위 없이 보드라운 감촉. 아기를 감싼 보드랍고 청결한 흰 천. 거기에서 나는 아기 냄새.

내가 어릴 때, 엄마는 아기 꿈을 꾸고 나면 사고 소식이 들려올 것이라며 불안해하곤 했다. 아버지가 오토바이를 타고 다니셨기 때문에 가끔 어디에서 굴렀다느니 어디에서 자전거와 부딪쳤다느니 했기 때문이었다. 한나절 내내 엄마는 그놈의 오토바이를 부숴서라도 못 타게 하던지 해야지 걱정돼서 사람이 살지를 못하겠다며 안절부절못했다. 아무 일 없이 그 하루가 지나가기도 했고 가끔은 진짜로 아버지가 논두렁으로 굴렀다는 소식이 들려오기도 했다. 하지만 논두렁으로 굴러서인지 팔꿈치가 까지거나 정강이가 긁혀서 왔을 뿐 다리 한번 분질러진 적은 없었다. 그런데도 엄마는 아기 꿈을 꾸더니 이런 일이 있다고 중얼거리곤 했다.

자식이 많다 보니 이런저런 사소한 걱정거리가 끊이지 않았고 그런 것들을 일일이 꿈과 연결시켜서 지레 걱정을 하는 게 아니었을까. 어느 날은 엄마가 하도 꿈자리가 사납다며 걱정을 하길래 왜 아기 꿈이 흉몽이 되느냐고 물은 적이 있다. 엄마는 옛날부터 아기 꿈은 액운을 뜻한다고 말했지만 그런 두루뭉실한 말이 명확한 해명이 될 리가 없었다. 나는 예부터 내려오는 속설이야 어떻든 간에, 사내아이를 낳아야 한다는 강박관념 속에 십수 년을 보낸 엄마에게 '갓난아기'란 말할 것도 없이 굉장한 부담이 되었을 거라고 제멋대로 추측했다.

그러니 엄마와는 달리 그런 압박을 받은 일이 거의 없는 나는 아기 꿈을 가끔 꾸었지만 그건 단지 그때그때의 상황을 반영한 것일 뿐, 액운을 의미한다거나 특별히 행운을 의미한다거나 하는 일은 없었다. 더구나 나는 아기를 낳은 뒤부터 아기 손을 잡고 산책하는 꿈을 꾸는 일이 다반사여서 꿈속에서도 마음이 훈훈해지곤 했다. 동물을 무척이나 좋아하다 보니 개와 고양이가 편안히 늘어져 잠을 자거나 함께 노는 것을 보면 한없이 평화로워지곤 한다. 거기에 아기까지 재미나게 어울리는 모습이라면 내게는 천국을 의미하는 것이라서 도저히 액운을 떠올릴 이유조차 없었다.

그런데 나도 아주 가끔이지만 아기 꿈을 꾸고 불편한 기분을 느낀 적이 있다. 아기라기보다는 어린아이였는데, 그 아이가 보는 앞에서 커다란 뱀이 남자들이 흔히 들고 다니는 가방을 삼키고 고통스럽게 나뒹구는 꿈이었다. 뱀의 가슴께가 가방 모양 그대로 네모나게 되는 바람에 뱀으로서는 절대 삼키지 말았어야 할 것을 삼킨 것 같았다. 어린아이는 커다란 뱀이 나타나서 굉장히 겁을 먹었다가 잠시 뒤에 뱀이 자기를 공격할 수 없는 상태가 되었을 뿐만 아니라 오히려 온몸을 뒤틀며 괴로워하는 것을 보고 안도감을 느꼈다. 하지만 그것은 잠시였고 곧 고통에 몸부림치는 뱀을 도와주고 싶었으나 어린 자신이 해결해줄 수 있는 방법이 없어서 어쩔 줄 몰라했다.

아기란 위험에 대항해 자신을 방어할 어떤 능력도 없는 가장 연약한 존재가 아닌가. 스스로를 편안하게 만들 줄도, 스스로를 위험에서 방어할 줄도, 남의 고통조차 어떻게 해줄 수 없는 존재인 것이다. 그러니 나의 엄마에게 아기란 그 꿈의 내용과 상관없이 본능적인 불안과 두려움을 자극하는 존재였을 게다. 그래서 존재 자체만으로도 심난한 마음을 불러일으켰는지도 모른다. 어떤 사람에게는 태어남 그것만으로도 무한히 경이롭고 행복감을 주는 존재. 그러나 어떤 사람에게는 양가감정을 불러일으키는 존재.

나는 신생아실에서도 근무를 했었다. 갓 태어난 아기들을 수없이 많이 받아보았다. 신생아실에서는 아기가 태어나면 마치 먼 가족이라도 된 듯 조금쯤 들뜬 마음으로 아기를 맞이한다. 아기는 분만실에서 오자마자 멸균된 포에 싸여 목욕을 한다. 아기의 머리카락에는 찐득찐득한 누런 태지가 들러붙어 있다. 머리부터 따뜻한 물에 감기고 한 팔로 아기를 잘 받쳐 안은 상태로 목욕을 시킨다. 아기들은 대체로 목청껏 울어댄다. 목소리가 아주 우렁찬 아기도 있고 가냘픈 아기도 있다. 머리카락이 유난히 검고 길게 자란 아기들도 있는데 그 아기들의 머리를 쓰다듬으며 학교 보내게 가방 사줘야겠다고 우스갯소리를 나누기도 한다.

한 번은 어렸을 적 친구의 딸을 받게 되었다. 오랫동안 뜸했던 사이였는데 우연찮게 산전 진찰을 받는 중에 만났고 마침 내가 근무하는 시간에 그 친구가 아기를 낳았다. 아기는 방금 태어난 아기답지 않게 말끔했다. 보통 산도를 통과하느라 자극을 많이 받아서 얼굴이 빨갛기 마련인데 이 아기는 피부가 새하얗고 새까만 머리카락은 부드럽고도 숱이 많았다. 입술도 빨갰는데 그렇게 예쁠 수가 없었다.

아는 사람의 아기여서일까. 그 아기의 머리카락을 쓰다듬는데 옆에서 선배가 가방을 사주라고 했고, 농담이 아니라 진심으로 예쁜 가방을 사주고 싶었다. 갓난아기의 수북하게 자란 머리카락을 쓰다듬으면 참 기분이 좋아진다.

아기들은 먹는 것도 각양각색이다. 젖병을 물렸을 때 벌컥벌컥 먹는 아이가 있는가 하면 빠는 힘이 약해서 간신히 빨아 먹는 아기도 있다. 두 눈을 살며시 감고 젖을 먹는 데 온통 집중하고 있는 아기도 있다. 그런 아기는 젖병을 다 비우고도 빈 젖병을 계속 빠는데 젖병을 살며시 빼면 입술을 젖꼭지 모양 그대로 동그랗게 오므린 채 계속 젖을 빠는 시늉을 하곤 한다. 그 모습이 얼마나 예쁜지 모른다.

수많은 아기들을 보아서일까. 사람은 태어나면서부터 제 성격이 고스란히 드러나는 것 같다. 유난히 온몸을 바르르 떨며 우는 아기가 있고 태평하게 크게 몇 번 울고 마는 아이가 있듯이 말이다.

8.   하얀
                              배냇저고리 2

정상분만으로 태어난 아기들은 2박 3일이면 엄마와 함께 퇴원한다. 그런데 이때가 정상적 체중감소시기라 아기들은 수분이 빠져나가 쭈글쭈글해진 채 엄마 품에 안기게 된다. 포동포동해져서 나가면 좋으련만 조금은 미안한 마음이 들기도 한다. 왜 이렇게 아기가 여위었냐고 묻는 분들도 있다.

그런가 하면 제왕절개로 태어난 아기들은 산모가 퇴원하는 날까지 병원에 함께 있는 경우가 많아서, 체중감소시기를 지나 왕성하게 젖을 먹는 시기에 토실토실해져서 엄마 품에 안기게 된다. 퇴원하기 직전에 우유를 먹이는데, 실컷 먹고 포만감에

두 눈을 꼭 감고 쌕쌕 잠든 아기를 안겨줄 때 우리 역시 행복했다.

신생아실에는 미숙아들도 있기 마련인데 미숙아들의 가냘픈 몸은 연민을 자아내서 눈을 뗄 수 없게 만든다. 신생아 집중치료실에서는 중환자실과 마찬가지로 여러 기계 장치들이 인큐베이터 속의 아기들을 정밀하게 모니터링을 하고, 의료진 역시 아기들을 수시로 들여다본다.

인큐베이터 속에서 어른 손가락만큼 가는 팔다리에 수액을 달고, 때로는 산소줄을 통해 산소를 공급받는 미숙아들이 처음에는 제 힘으로 팔도 들지 못하다가 배냇짓을 하고 힘차게 발차기까지 하는 모습을 보면 부모만큼은 아니더라도 몹시 뿌듯해진다. 태아는 폐가 가장 늦게 발달하기 때문에 일찍 태어난 미숙아는 대개 폐기능이 약해서 인공적으로 산소를 공급해줘야 한다. 상태가 심각한 미숙아는 심장도 가끔 멎는다. 그러면 다급하게 심장 마사지를 해야 하는데 너무 작은 아기라서 손가락 두 개 정도로만 심장을 눌러야 한다. 수시로 심장 마사지를 하고 산소 공급이 원활한지, 수액도 맞는 양이 들어가고 있는지 체크하며 아기를 돌본다.

부모들은 눈물을 글썽이며 유리창 밖에서 인큐베이터 속에 누워 있는 아기를, 그 작고 여린 가슴이 간신히 오르락내리락하는 것을 보고 울음을 삼키며 병실로 돌아가곤 한다.

미숙아가 건강해지면 인큐베이터에서 벗어나 일반 신생아실의 아기 침대로 오게 된다. 신생아실에서 추후 관찰을 하며 며칠 보내게 되는데 그렇게도 더디게 회복되던 아기들이 어느 순간부터 쑥쑥 자라는 모습을 보면 정말이지 생명의 신비로움에 감복하지 않을 수 없다.

그런 아기들을 유난히도 사랑하던 후배가 있었다. 아기들이 많아서 일일이 안고 수유를 할 수 없는 상황인데도 항상 미숙아를 안고 젖을 먹이고 사랑을 쏟았다. 그렇게 정성 들여 간호했던 아기가 퇴원할 때면 눈물을 글썽이며 "안 갔으면 좋겠어요"라고 하기도 했다. 보통 미숙아는 한 달 이상 병원에 있기 때문에 아기를 돌보는 대부분의 사람들은 정이 들게 된다. 더구나 생명이 경각을 오가던 아기였다면 더욱더 애틋하게 여기기 마련이다. 그 시간 동안 아기와 온전히 함께했던 사람들은 우리였으니까 말이다.

살이 뿌듯하게 올라서 탱글탱글해진 아기를 받아 안는 엄마. 기쁨과 슬픔이 한꺼번에 터질 것 같은 그 얼굴. 감정을 애써 억누르려 하지만 눈과 입술과 뺨에 기쁨이 흘러넘치는 건 어쩔 수 없다. 우리는 마치 우리가 가졌던 소중한 것을 건네주는 기분으로 아기를 엄마의 품에 안겨준다. 우리 역시 참으로 행복한 순간이다.

어느 날, 나는 방금 태어난 아기를 받아 목욕을 시킨 뒤 눕혀놓고 기저귀를 채우다가 막 소변을 보는 광경을 보게 되었다. 남자 아기들이 누워서 소변을 보면 소변 줄기가 포물선을 그리는데 그 선이 조금 달랐다. 유심히 살펴보고 곧 아기의 성기가 이상하다는 것을 발견했다. 남자아이 성기의 외양과 비슷했지만 온전하지는 않았고 소변은 성기의 끝이 아닌 그 아래에서 나오고 있었던 것이다. 성기를 들춰보니 아래 쪽에 요도가 따로 있었다. 곧바로 성염색체와 복부 초음파 검사를 했다. 아기는 염색체와 생식선은 여성이어서 난소를 지니고 있지만 외부 생식기는 남성의 성기를 닮은 경우였다. 여성가성반음양이었다.

이런 경우는 원래의 생식기인 난소를 중심으로 외부 생식기를 여성으로 수술해주고 더 이상 남성 성징이 진행되지 않도록 호르몬을 투여하는 치료를 하면 되었다. 일찍 발견하게 되어 다행이다 싶었다. 그렇지 않으면 남자로 살다가 사춘기에 여성의 성징이 발현되어서 성정체성에 문제가 생길 수 있기 때문이다. 물론 이 아이는 집에 가서 곧바로 발견되었을 것이다. 요도가 따로 있었으니 말이다. 아기의 부모에게 다른 형제에 대해 물어보니 첫째도 똑같은 증상을 지니고 있다고 했다. 그 아이도 치료를 받고 있는 상태였다.

이 부모는 정상적인 아기가 태어날 것을 기대하며, 그러나 조마조마한 마음으로 출산을 기다렸을 것이다. 산전 진찰을 할 때 성염색체 검사를 하지는 않았지만 일반적으로 하는 검사들에서는 모두 정상이었기 때문에 이번에는 좋은 일이 있겠지, 하며 하늘에 빌고 또 빌었을 것이다. 어쨌거나 확률은 반반이기 때문에 이 부부는 희망을 향해 온 삶을 다 걸고 결과를 기다렸을 것이다. 그러나 둘째마저 똑같은 장애를 지녔다는 것을 확인하는 순간, 하늘이 무너지는 심정이었을 것이다. 마음 놓고 아기의 탄생을 기뻐할 수 없는 현실이란 어떤 것일까. 이런 일은 겪어보지 않고는 어떻게도 말할 수 없으리라.

그 부모의 어두운 얼굴을 바라보는 것이 영 편치 않았다. 방금 분만을 하고 쉬지도 못한 채 아기를 보러 온 엄마는 가슴이 너무 아픈지 허리를 세우지도 못하고 가슴을 부여잡았다. 하지만 아빠는 비교적 밝은 얼굴을 지으려고 애를 썼다. 담당 의사와 면담을 하는 아기 아빠는 고개를 힘차게 끄덕거렸다. 아기를 잘 키울 자신이 있다고 말하고 싶은 것 같았다. 아빠는 건장했고 운동을 많이 하는 사람 특유의 에너지가 느껴졌다.

아기를 돌보는 현장에 있는 의료진은 난처한 입장에 처한 부모와 개인적인 의견은 전혀 나누지 않는다. 제삼자는 개입할 의사도 없고 개입해서도 안 된다고 생각하기 때문이다. 아기에 대한 태도도 전혀 달라지지 않는다. 그 아기에게 당장 해줄 수 있는 조치를 취하는 것이 우선일 뿐이다. 그런 전체적인 상황을 보면서 어쩌면 병원이라는 작은 사회는 장애와 질병에 대해 가장 편견이 덜한 곳이 아닌가 하는 생각을 했다. 병원이라는 곳은 이상이 없으면 오지 않는 곳이고, 이상이 있어서 온 것은 당연하니까 특별한 시선이 머물지 않는 것이다.

자녀가 장애를 가진 아이일 경우, 부모들은 몇 가지 대책을 세우게 된다. 그중 하나가 형제를 만들어주는 것이다. 장애를 갖고 태어난 아이를 사랑으로 지켜줄 형제를 절실하게 바라면서. 그게 그들이 절망 가운데에서 선택할 수 있는 최선이다. 부모는 자녀와 평생을 살아줄 수 없지만 형제는 비슷한 나이일 테니 부모 사후에도 의지할 존재가 되어줄 수 있으리라. 자라는 동안 서로가 서로를 의지하고 돌봐주면서 돈독한 우애를 나눌 수 있기를 기대할 것이다.

내 가까운 이 중에 장애아를 둔 분이 있다. 그분은 장애를 가진 아이의 동생이 얼마나 형을 사랑하고 아끼며 형 또한 불완전하지만 동생을 얼마나 아끼고 사랑하는지, 그것만으로도 감사하다고 말하곤 했다. 두 형제가 서로를 보며 해맑게 웃고 서로를 즐겁게 해주려고 애쓰는 것을 본 적이 있는가? 그들을 본다면 세상에서 가장 아름다운 형제가 어떤 모습인지 알 수 있을 것이다. 형제는 어릴 때부터 서로를 위해 자기를 절제할 줄 알게 되고 서로가 웃는 것을 보고 싶어서 기꺼이 서로를 돕는다.

장애를 가진 아이의 부모가 그 아이를 얼마나 사랑하는가에 따라 형제의 태도가 달라지는 것을 볼 수 있다. 형제는 그 부모가 어떻게 행동하는지를 보고 자란다. 자기가 이 가정 안에서 얼마나 중요한 존재인지 일찍부터 깨우치며 자란다. 부모들은 대개 '아이에게 너무 큰 짐을 지우고 있는 건 아닌가' 하고 죄책감을 갖는다. 그러나 형제란 모름지기 서로를 위로하고 서로의 짐을 덜어주고 서로 경쟁하면서도 배려할 줄 알고, 세상의 혼돈과 무거움을 함께 나눠지기 위해 태어난 존재가 아니던가. 그들은 그렇게 다른 사람들은 모르는 삶의 비의^{秘意}를 깨닫고 그들만이 찾아낸 새로운 행복을 누리며 살아간다.

아기는 며칠 뒤에 엄마와 함께 퇴원했고 우리는 평화롭게 잠든 아기를 엄마의 품에 안겨주었다. 치료를 잘 받고 적당한 시기에 수술을 결정해주라는 말과 함께. 특별히 희망을 주는 말을 해주고 싶지만, 가끔 지나친 오지랖이라는 생각이 들어

그만두게 된다. 그들이 제삼자인 우리보다 훨씬 찰지게 살아갈 것이기 때문이다.

나는 바깥세상도 병원 안에서처럼 장애와 질병이 특별 취급을 받지 않는 곳이 되기를 기원할 뿐이다.

9. 보잘것없는 사랑

이토록 극명하게, 그리고 이토록 아름답게 '보잘것없는 사랑'을 그린 글을 다시 본 적이 없다.

장총을 높이 치켜들고 검은 사막을 내달리는 거대한 남자의 사랑도, 귀와 볼에 간지러운 숨을 내뱉으며 영원한 사랑을 속삭이는 사랑도, 그 무언가 하나쯤은 장점을 가진 자들의 평범한 사랑도 아닌, 장대한 체구에 사팔뜨기인 늙은 처녀가 비열한 눈동자를 굴리며 등 쳐먹을 틈만 엿보는 꼽추를 사랑하는, 낮고도 단조로우며 선명한 이미지의 문장으로 그린 소설, 카슨 매컬러스의 『슬픈 카페의 노래』이다.

사랑은 사팔뜨기 눈이 각자 남몰래 간직한 슬픔을 나누며 은밀히 마주보는 것이란다. 사랑에 빠진 두 사람은 그 순간 서로가 세상에서 가장 위대한 사람이 된다. 아무리 보잘것없는 사람이라도 말이다. 사팔눈은 아무리 정면으로 보려고 해도 제대로 볼 수가 없다. 자꾸만 시선이 다른 곳으로 돌아가 버리니까. 하지만 바로 그것이 사랑이라는 것. 두 눈을 똑바로 뜨고 상대방을 정확히 파악하면 그것은 이미 사랑이 아니라는 것.

내가 세상살이에 지쳐 더 이상 아무것도 생각할 힘이 없을 때 책꽂이에서 꺼내 잠자리에 가지고 가는 책이다. 내가 보잘것없어지더라도 사랑을 할 수는 있을 것이란 희망을 얻기 위해서.

나는 몇 권의 소설을 가까이 두고 되풀이해서 읽으며 힘을 얻곤 한다. 반복적인 상처로 내 안의 깊은 우물이 어두워질 때는 오정희의 『바람의 넋』을 읽으며 지금 입은 소소한 상처가 켜켜이 쌓인 상처들을 줄줄이 불러내는 것을 깨닫고 베개를 적시며 잠이 든다. 나는 과거의 상처를 운운하는 것을 극도로 싫어하는 사람이긴 하다. 오래 살아왔기 때문에 유년의 상처보다는 그 이후에 쌓인 상처와 성취가 지금의 나를 더 많이 구성하고 있을 테니 말이다. 그리고 대체로 현실에서 어떤 실패를 겪고 나면 오래 전의 상처보다는 다 자란 뒤의 상처가 스물스

물 기어 올라올 기미를 보인다. 그럴 때면 나는 진저리를 치며 책을 꺼내 읽는다. 다른 사람의 상처와 기억으로 내 상처를 뒤덮으며 다른 사람의 고통 때문에 운다. 그건 내 것과 같으니까. 내 것과 큰 차이가 없으니까.

지쳤지만 기분을 가볍게 하고 싶을 때는 로맹 가리의 『그로칼랭』을 읽는다. 아직도 내 삶에서 이루고 싶은 뜨거운 열망이 있음을 되새기고 새로운 계획을 세워본다. 이를 테면, 이제부터는 지금까지 해왔던 것이 아닌 전혀 다른 일로 여가를 보내겠다는 생각을 해본다. 그래서 얼마 전에는 내 버킷리스트를 다시 작성해보기도 했다.

내가 잘 알고 있고 편안한 곳은 여행하지 않겠다. 꽃구경을 간다, 여러 번 갔던 산을 또 간다, 그런 일은 절대로 하지 않겠다. 또 한 번도 가보지 않았지만 너무 많은 정보를 통해서 잘 알고 있는 것만 같은 나라는 가지 않겠다.

사실 이런 결심은 여행을 쉽게 가지 못하고 갈 수도 없는 상황에 놓인 나를 기만하며 스스로를 위로하는 행위에 불과할 뿐이지만 가끔 내 자존감을 북돋우는 데 도움이 되기도 한다. 형편이 안 되서 못 하는 것이므로 언제든 상황만 도와주면 할 수 있다는 뜻이라고 우길 수 있으니까 말이다.

한 번도 해보지 못한 경험을 하겠다는 목록에는 경비행기를 타본다거나, 패러글라이딩을 해보는 것도 있다. 나는 가슴 터지도록 하늘을 나는 기분을 느껴보고 싶은 열망을 갖고 있다. 죽기 전에 반드시 맨몸으로 저 높은 하늘에서 부는 바람을 맞아보리라. 또 한 가지는 최대한 깊은 바다에 들어가 보는 것이다. 바닷속을 고래처럼 유영하는 것, 숨을 쉬기 위해 아주 잠깐 물밖으로 나왔다가 다시 깊이 잠수해서 온몸으로 거대한 바다를 느껴보는 것이다. 하늘에서 죽거나 바닷속에서 죽게 된다면 더할 나위 없이 좋겠다고 생각하기도 한다.

그리고 마지막으로 활화산에 가보는 것이다. 아직도 여기저기 구멍을 통해 검은 연기를 몰아내고 있는 남미의 어느 산맥에 말이다. 등산이라고는 좋아하지 않지만 두 손과 발로 엉금엉금 기어 올라가 화산 연기를 검게 뒤집어쓰고 하얀 이를 내보이며 웃고 싶다. 이것들은 내가 나라는 가치가 없어졌을 때 해보고 싶은 일들이다.

내가 아무런 가치도 없을 때, 내가 오히려 다른 사람에게 누를 끼치고 있을 때, 그때에도 나는 사랑받을 수 있을까.『슬픈 카페의 노래』(열림원, 2014)에서 카슨 매컬러스는 그럴 수 있다고 말한다. 아무리 보잘것없는 사람이라도 열정적인 사랑을 받을 수 있다고 말이다. 너무 아름다워서 내가 조금이라도 덧붙이거나 빼서 훼손하고 싶지 않은 글을 직접 인용해본다.

"아주 이상하고도 기이한 사람도 누군가의 마음에 사랑을 불 지를 수 있다. 어디로 보나 보잘것없는 사람도 늪지에 핀 독백합처럼 격렬하고 무모하고 아름다운 사랑의 대상이 될 수 있다. 선한 사람이 폭력적이면서도 천한 사랑을 자극할 수도 있고, 의미 없는 말만 지껄이는 미치광이도 누군가의 영혼 속에 부드럽고 순수한 목가를 깨울지도 모른다."

"사랑을 주는 사람과 사랑을 받는 사람이 있지만, 두 사람은 완전히 별개의 세계에 속한다. 사랑을 받는 사람은 사랑을 주는 사람의 마음속에 오랜 시간에 걸쳐 조용히 쌓여온 사랑을 일깨우는 역할을 하는 것에 불과한 경우가 많다. 사랑을 주는 사람들은 본능적으로 그 사실을 알고 있다. 그는 자신의 사랑이 고독한 것임을 영혼 깊숙이 느낀다. 이 새롭고 이상한 외로움을 알게 된 그는 그래서 괴로워한다. 이런 이유로 사랑을 주는 사람이 해야 할 일이 딱 한 가지가 있다. 그는 온 힘을 다해 사랑을 자기 내면에만 머무르게 해야 한다. 자기 속에 완전히 새로운 세상, 강렬하면서도 이상야릇하고 그러면서도 완벽한 그런 세상을 만들어야 한다."

사랑에 빠지면 사람들은 누구나 지금까지와는 다른 자신을 발견하게 된다. 그리고 곧바로 그 사람을 둘러싸고 특별한 자장이 흐르게 되며, 완전히 새로운 세기가 시작된다. 그는 가끔 현실의 시간과는 전혀 상관없는 시간을 경험하고 상대방을 실제와는 전혀 다른 사람으로 인식하기도 한다. 그래서 주변 사람들의 걱정을 사기도 하고, 두 사람의 사랑에 대해 극심한 반대를 겪기도 한다.

사랑을 주는 사람은 언제나 상대방에게 빚을 진 듯이 절절매고 사랑을 받는 사람은 전혀 그럴 이유가 없음에도 뭔가 값진 것을 맡겨두었다 찾아가는 것처럼 당당하다. 사랑을 하는 사람이 아니고서는 결코 이해할 수 없는 일이 두 사람 사이에 벌어진다. 사랑에 빠진 사람은 상대방 하나만으로 온전해지는 세상을 경험한다. 다른 어느 누구도 필요치 않다.

터무니없이 당당하고, 터무니없이 뻔뻔해지는 것. 사랑받는다는 것. 어느 누구라도 이런 사랑의 대상이 될 수 있다니 얼마나 기분 좋아지는 말인가.

나는 이십 대에 이런 불합리한 사랑을 해보았다. 얼마나 불합리했던지 결코 그 시절로 돌아가고 싶지 않을 정도이다. 지독한 사랑의 대상이 되어보기도 했고 내가 그렇게 지독하게 사랑을 해보기도 했다. 다행히 그 사랑을 두 사람이 같이 하지는 않아서 함께 죽으러 가는 지경에 이르지는 않았지만, 죽이겠다는 협박도 많이 받아보았고 사랑이 이루어지지 않으면 나 스스로 죽어버리겠다는 생각도 해보았다. 결코 자기를 사랑하지 않으니 나를 죽이고 자기도 죽어버리겠다고 내게 칼을 들이댔던 남자들은 얼마나 무모한가. 도대체 나 따위를 사랑하는 게 뭐가 그리 대단해서 목숨을 걸어야 했을까. 나 또한 내 목숨을 걸고, 내 미래를 바치면서 왜 한 사람을 그렇게 위태위태하게 사랑했던 것일까. 그때 역시 보잘것없는 나였지만 사랑할 수 있고 사랑받을 수 있다는 것을 알고 싶었는지도 모른다. 지금 생각하면 실실 헛웃음이 나올 지경이지만 말이다.

그럼에도 지금 사랑하고 있는 이들을 보면 참으로 아름답다는 생각을 한다. 버스 안에서, 길가에서, 카페에서, 사랑하고 사랑받는 이들의 얼굴을 보면 얼마나 아름다운지 모르겠다. 사랑받는 이의 터무니없이 당당한 그 얼굴, 세상 아쉬울 게 없는 듯한 그 얼굴들이 말이다.

극진한 간호를 받는

간경화증이 진행되어서 배가 커다랗게 부풀어오른 할머니가 있었다. 얼굴은 심술궂게 생겼고, 단 한 번도 미간을 편 적이 없었다. 옆에서 병구완을 하는 비쩍 마른 할아버지에게 아파서 그런 것만이 아닌 평소 언행이 그랬을 듯한 퉁명스러운 말투로 수시로 이것저것 시켜댔다. 원래도 체격이 커서 할아버지를 압도했을 것 같고, 원래도 할아버지를 마구 부려먹었을 것만 같았다.

그런데 할아버지는 너무나 사랑한다는 듯이 지극정성으로 할머니를 돌봤다. 세숫대야에 물을 떠와서 수건을 적셔 환의 속으로 손을 넣어 목덜미와 배, 등을 닦아주고 손가락을 하나하나 닦아주고 마지막으로 발가락을 하나하나 닦아주었다. 복수가 차오르면 뱃가죽이 얇아져서 맨질맨질하고 물이 가득 든 풍선처럼 금방이라도 터질 듯이 출렁거린다. 그 배를 조심조심 닦아주는 할아버지는 처음부터 그렇게 섬세했을 것 같고, 어쩌면 처음부터 할머니를 사랑했을 것 같았다. 할머니가 할아버지에게 잘하느냐 잘하지 않느냐는 할아버지의 사랑에 크게 영향을 미친 것 같지 않았다.

할아버지의 태도는 그냥 오래 같이 살아온 부부가 하는 행동을 뛰어넘어 사랑하지 않으면 할 수 없는 것이었다. 보통 노부부처럼 할아버지의 태도에는 시큰둥이라든가, 마지못해 하는 것이라든가 하는 말은 결코 붙일 수가 없었다. 잠결에라도 할머니가 뭐라고 입엣말을 중얼거리면 엉덩이를 번쩍 들고 일어나 할머니 입에 귀를 바짝 갖다대고 들었다. 할아버지는 언제나 할머니를 향해 앉아 있었다. 행여 옆 사람과 말을 하다가 할머니의 말을 못 들을까 싶어 다른 사람에게는 눈길조차 주지 않았다. 할아버지의 온 신경은 할머니에게만 쏠려 있었다. 회진하는 의료진에게 할머니의 상태에 대해서 하나도 빼먹지 않고 전하려고 애쓰는 게 고스란히 보였다. 뭐라도 하나 뒤늦게 생각나면 병실을 나서는 의료진을 허둥지둥 뒤쫓아가서 더듬거리며 말하곤 했다.

할머니는 상태가 급박하게 진행되었다. 복수가 심하게 차올라 횡격막을 압박해서 숨을 쉬기도 어려워졌다. 그래서 일정 간격으로 복수를 빼줘야 할 정도가 되었다. 그건 큰 시술이었고 그 시술만으로도 언제 어느 때 죽음을 맞이하게 될지 모르는 상황으로 치달았다. 할머니는 이제 말을 할 수도 없었다. 그저 가쁘게 숨을 몰아쉬고 있었고 할아버지는 안절부절못했다.

나는 그분들의 삶을 상상해보았다. 흔히 말하듯 젊을 때 할아버지가 할머니 속을 썩였고 다 늙어 돌아왔는데 고생을 너무 심하게 했던 할머니가 병이 들어버린 게 아닐까. 그래서 뒤늦게 자기 잘못을 깨닫고 보답을 하려고 저렇게 정성을 들이는 것이 아닐까.

그런데 그렇다고만 하기에는 할아버지가 너무 섬세했다. 밖으로 돌았던 사람이 그렇게 사람을 잘 돌볼 수 있을까 싶을 정도였다. 왠지 젊었을 때부터 할머니를 돌봐온 사람 같았고 어쩌면 할머니가 의지할 유일한 존재인지도 모르겠다는 생각이 들었다. 문병 오는 자식들을 본 적이 없었으니까, 아마도 그 편이 맞을 것 같다.

할아버지는 할머니가 어떻게라도 살아 있기만을 바라고 있었다. 할머니는 마침내 간성혼수에 빠져 중환자실로 옮겨졌고 할아버지는 기운이 완전히 빠진 채 비닐봉지 속에 빨랫감을 넣는 것조차 힘들어 느릿느릿 움직였다. 자신이 돌봐줄 수 없다는 것이 고통스럽다는 듯, 남의 손에 맡기고 그저 면회 시간에만 잠시 봐야 하는 것을 받아들이기 어려워하는 얼굴이었다. 이 세상에 오직 둘만 있었을지도 모른다. 이제 그에게서 그 마지막 사람이 떠나가야 하는 것이다. 두 사람은 서로 주문처럼 외웠을지도 모른다.

"나보다 당신이 먼저 가면 안 돼. 내가 먼저 가야지."

두 사람은 외로움을 공유하고 있었을지도 모른다. 늪지에 핀 외로운 백합처럼. 그분들을 보고 있자니 내가 아는 어떤 노부부의 모습이 오버랩되었다. 그들은 아주 작은 가게를 운영하고 있었다. 식탁이 몇 개밖에 없는 그곳은 술집이었고 술을 따르는 여자들을 고용한 곳이었다. 나는 어떤 인연으로 그 가게에 들어가 어두컴컴한 방 앞에서 인사를 하게 되었다. 그 방 안에는 거대한 체구의 부인이 중풍에 걸린 채 누워 있었고 조쌀하고 마른 체구의 남편이 가게를 돌보고 부인도 돌봤다. 부인은 어두컴컴한 방 안에 누워 있었지만 내 인사를 받는 굵은 목소리와 말투와 눈빛으로 보아 가게와 여자들을 관리한다는 것을 직감할 수 있었다. 남편은 밥을 차려주라는 부인의 말에 따라 서둘러 내게 식탁을 봐주었다. 가게에 앉아 밥을 먹으면서 다른 방에서 여자들끼리 싸우며 울부짖는 소리를 들었다. 밥을 넘기기가 어려웠고 심정이 참으로 착잡했다. 그러나 방 안에서 꼼짝도 못 하는 몸으로 이 집을 장악하고 있는 부인의 기세가 느껴져서 후다닥 밥을 비우고 나와야 했다.

그 부부의 딸들은 공부도 잘했고 매력적이었다. 그녀들은 가장 존경하는 사람으로 부모님을 첫째로 꼽았다. 부부는 어려운 형편에도 자녀들을 남부럽지 않게 키우기 위해 남들이 꺼려하는 직업을 갖고 있었고, 그것 때문에 아마도 부부의 다른 형제들과는 관계가 다 끊긴 듯 싶었다. 하지만 부부는 단 한 번도 싸우지 않았고 서로를 극진히 여겼으며 자식들을 무척이나 아꼈다. 자녀들은 남들과는 다른 환경에서 자라면서 굉장한 고통을 겪었고 내면의 갈등도 심했지만 부모님을 위해서, 그리고 스스로의 자존심을 위해서 남 보란 듯이 잘 자라려고 애를 썼다. 마침내 자녀들은 보통 이상으로 잘 자라주었고 부모님을 모실 수 있게 되자 곧바로 가게를 처분해버렸다.

자녀들이 그렇게 할 수 있었던 것은 사회적으로 용인받기 어려운 직업에 종사하는 분들이었지만 부부가 서로를 아꼈던 점 때문이 아닐까, 하는 생각을 했다. 부부가 스스로를 업신여기고 서로를 무시하고 매일 싸움이나 해댔다면 자녀들이 그 부모를 그토록 극진히 여겼을까. 그리고 그 부부가 그렇게 할 수 있었던 것은 이 세상에 오직 둘뿐이라는 외로움을 공유했기 때문이 아닐까, 하는 생각도 해보았다.

사랑을 하면서 그 사랑의 무거움을 기꺼이 지고 가는 사람은 결코 보잘것없어 보이지 않는다는 것. 사랑을 받으며 당당해하는 얼굴보다 훨씬 기품이 느껴진다는 것.

노부부에게서 내가 보았던, 그다지 눈여겨보지 않은 사랑.

10.   세계의 지붕

정릉의 한 아파트에 사는 친구는 자주 구름에 휩싸이곤 하는 제 집 자랑을 했다. 북한산을 휘감은 풍성한 구름이 아파트 22층을 감싸면 거대한 아파트는 물론이고 자신마저 이 세상에서 가뭇없이 지워지는 듯한 야릇한 느낌에 빠져들곤 한다고.

석양이 밀려 들어오면 온 집 안이 황금빛으로 가득 들어차 마치 기울어가는 왕국을 마지막으로 걷는 것 같다느니, 한 발 한 발 걷노라면 석양이 기우는 속도에 따라 맨발은 점점 앙상한 뼛자국만 남기고 어스름 속으로 사라지는 것 같다는 이야기까지. 구름과 석양이 어떻게 사물을, 사람을, 거대한 구조물을 지워가기에 사뭇 달라보이는 그 두 가지 자연현상이 왜 가끔 그토록 비슷하게 사람 마음을 폐허로 만드는지, 그러나 그 폐허 속에서 왜 야릇한 쾌감을 느끼는지.

그곳이 정릉이기 때문일까. 혹시 청담동이나 압구정동에 사는 친구가 그런 말을 했다면 내 머릿속에서는 또 다른 스크린이 펼쳐지지 않았을까. 그녀는 그 말을 남기고 정릉을 떠났고 나는 그 말을 따라 정릉으로 이사를 왔다. 이곳에 오면 연잇고 연이은 기와지붕들이 한없이 펼쳐져 있을 것만 같았다.

나는 이사 때문에 집을 보러 오기 전까지 단 한 번도 이 근처에는 발을 디뎌본 적이 없었다. 그저 무작정 그녀의 말을 듣고 구름이 발밑을 흐르는 집을 찾아 이사를 왔다. 그러나 8년 가까이 살면서 내 발밑으로 흐르는 구름을 본 적이 없다. 층고도, 기류의 방향도, 집의 방향도 잘못 잡았기 때문이다.

하지만 그런대로 여름이면 북한산 그늘이 이렇게 넓구나, 하면서 서울 시내 중심보다 기온이 1도쯤 낮은 것을 행복해하고 겨울이면 역시 북한산 자락이 이렇게 넓구나, 하며 다른 곳보다 눈이 1센티미터쯤 많이 오는 것을 즐거워하고 있다.

어떤 거리가 한순간 권태로워질 때가 있다. 나는 지금까지 수없이 여러 번 이사를 다녔는데 진심으로 마음에 들었던 거리는 서울에서 단 한 군데밖에 없었다. 그곳은 마을이라고 이름

붙일 수 있는 곳이었다. 개나리 울타리가 있고 집들을 둘러싼 나지막한 담이 있는 평화롭고 따사로운 주택이 늘어선 그 골목을 한가롭게 걸어다녔으며 마을 여자들과 가볍게 인사를 나누고 길가에 선 채로 이야기를 나누기도 했으니.

그곳을 떠난 뒤로 여러 곳으로 이사를 다녔지만 '내 집이다' 싶은 집은 없었다. 몇 년 동안 몸담았던 거리, 그 거리에 녹아든 사람들. 유난히 어떤 성향이 분명한 거리도 있게 마련이다. 한동안 같은 길을 공유하고 같은 건물과 같은 나무, 같은 보도블록과 같은 주차장에서 동네 사람들과 비슷한 정서를 겪고 나면 나는 그 세계를 떠나고 싶어진다.

권태로운 상태에 놓이거나 무언가에 쫓기는 기분이 들 때면 전혀 새로운 세계로 가고 싶다는 열망을 느끼는데, 이럴 때 사람들은 여행을 떠날 것이다. 나는 가방 하나만 둘러메고 쉽게 여행을 떠나는 유목형 인간과는 거리가 먼 정주停住형 인간의 전형적인 성향을 가졌다고 생각해왔다. 그래서 여행을 가는 것이 다른 사람보다 열 배는 어려운 나는 종종 딜레마에 빠지게 된다.

여행을 해서 주변 공기를 바꾸고 나면 다시 그 거리로 되돌아오는 것이 쉬워질 텐데, 나는 그러지 못했다. 권태롭거나 사람들 사이에서 시달릴 때 모든 것을 그대로 놔둔 채 곧장 여행을 떠나곤 하는 친구들을 무척이나 부러워하면서 나는 제 자리에 붙박여 있었다. 그러고는, 정말 특이하게도 나는 이사를 해버렸다.

이사로 여행에의 열망을 대신하는 것. 참 쉬운 일은 아닐 텐데, 나는 이사를 가기로 마음먹으면 곧장 흥분 상태에 빠져들게 되었다. 그리고 용케도 꼭 이사를 해야 하는 일이 벌어지곤 했다. 다른 사람들이라면 어떻게 해서든 이사를 가지 않고 생활을 맞춰나갈 텐데, 나는 변화한 상황에 맞춰 이사를 했다. 내 행동반경은 좁아서 낯선 곳으로 혼자 다니는 게 어려운 사람이건만 어쩐 일인지 이사만큼은 과감하게 결정했고 이사를 하게 되면 몹시 설레고 기대에 부풀곤 했다. 사는 집을 쉽게 옮기는 것을 보면 어쩌면 나는 진정한 유목민인지도 모르겠다.

그래서 한 번도 가본 적이 없는 곳으로 이사를 간다. 나에게 서울 땅은 세계와도 맞먹을 만큼 넓고도 넓다. 당연히 낯선 땅은 너무나 많았다. 게다가 한 번쯤 가봤다 해도 어찌나 쉽게 깡그리 잊어먹고 마는지, 내게는 이 세상 전부가 거의 낯선 땅이다. 이사를 가고 나면 다시 예전 집에 되짚어 가보는 일도 거의 없었다. 다시 갈 일이 있다 해도 나는 길을 제대로 찾아가지 못한다.

이사를 가기로 마음먹고 이사 갈 동네를 찾아가 마음에 드는 집을 구하러 다니는 동안, 집으로 돌아와 노트에 새 집의 구조를 그려놓고 가족들 각자의 방을 배정하고 각각의 방을 꾸미고 가구를 옮기는 것을 생각하며 나는 무척이나 행복해한다.

잠을 이루지 못하며 생각에 생각을 거듭하다가 잠에 떨어지는 순간 높이 솟은 지붕을 꿈꾼다. 높낮이가 다른 지붕과 지붕이 이어지고 또 이어지며 푸른 하늘 아래 지붕들이 새로 생기고 또 생기며 드넓게 펼쳐진다. 나는 끊임없이 이어진 지붕을 타고 날 듯이 달려간다. 지붕 없는 집으로 이사를 다니면서 나는 끊임없이 지붕을 상상한다. 그 지붕 밑에 있을 특별한 방들, 그곳에 각자의 사연을 품고 깃들어 사는 사람들.

나는 지붕과 집에 대한 이상한 집착이 있다. 겉모습만 보고는 생각지도 못했던 내부 구조와 그 안에 사는 사람들의 생소한 표정과 태도들을 상상한다. 특히 한국, 중국, 일본의 기와지붕에 지대한 관심과 열정적 호기심을 갖고 있다. 한국의 전통 기와집이야 많이 가보았으니까 덜하다지만 중국에 갔을 때도 나는 관광지가 아닌 전통 마을에 가서 근처에서 가장 높은 집에 올라가 창밖으로 길게 이어진 지붕들을 내려다보았다. 중국은 지붕 하나에 하나의 건축물이, 일본은 단일한 건축물에 높낮이가 다르고 크기가 다른 지붕이 두세 개 붙어 있는 것에 너무너무 호기심이 일었다. 저 지붕 밑에는 어떤 방들이 있을까. 어떤 삶이 깃들어 있을까. 그 집들을 하나하나 다 샅샅이 살펴보고 싶었다. 그리고 잠이 들면 꿈을 꾼다. 현실에서는 볼 수 없었던 수많은 구조의 변형을 본다. 아마도 새로운 사람, 혹은 친한 사람, 갈등 관계에 놓인 사람의 내면에 대한 호기심 때문이리라.

꿈속에서 나는 구조가 아주 색다른 별별 특이한 집도 다 보았다. 지붕 바로 아래의 삼각형의 작은 공간으로 숨어들어 집 안을 염탐한다. 그곳은 곳곳이 벽으로 막혀 있어서 한눈에 바라다보이지는 않지만 서까래를 타고 이동을 하면서 그 집에서 벌어지는 나지막한 사랑과, 높은 웃음소리와, 어떻게 풀어야 할지 알 수 없는 갈등과, 서로 얼굴조차 보지 않는 냉전과, 어린아이들의 실랑이와, 결국 자식을 위해 품을 여는 할머니를 훔쳐보았다.

특별한 집도 많았다. 집 한가운데 둥그런 정자가 있는데 들어가 보면 와우각처럼 빙빙 돌아서 땅속 깊이 내려가게 되어 있질 않나, 조그만 집을 삼킬 정도로 거대한 라일락이 담장 한가운데를 무너뜨리고 쏟아져 내리지를 않나. 그런데 그 라일락의 둥치는 굵은 쇠테 속에 꼭 끼어 있어서 제대로 자라지 못해 말라비틀어져 있지를 않나.

길고 긴 방이 연결된 한옥의 뒤란으로 숨어들어 가서는 높낮이가 서로 다른 방들과 각 방의 주인에 따라 분위기가 다른 내부를 보고 고개를 끄덕이기도 하고, 여기에 이런 공간이 있으리라고는 예상치 못했던 구석진 방에도 들어가 보고, 누군가 불쑥 들어와서 후다닥 숨느라 숨이 가빠지기도 했다. 어떤 집은 들어서자마자 어두운 공간 가득 가구가 들어차 있었는데 작은 창에서 들어오는 빛줄기에 그 안을 떠도는 먼지가 희뿌옇게 보이기도 했다. 조심조심 가구 사이를 빠져나가자 커다란 가구 위에 가만히 앉아서 나를 지켜보고 있는 커다란 개와 맞딱뜨리기도 했다.

그러니까, 나는 사람에 대해 호기심을 갖고 있는 것이리라. 그 내면에 특별한 공간을 가진 사람들, 내가 알지 못하는 이야기를 지닌 사람들, 내가 알지 못하는 세계를 걸어온 사람들, 나는 그들만의 세계에 들어가고 싶은 게다. 그런 내게 호기심을 크게 불러일으켰지만 제대로 탐험하지 못한 집이 있다. 어릴 적의 외가, 외삼촌댁이 그랬다.

어릴 적 그 집

그 커다란 한옥은 어린 나에게 안식처이자 비밀스러운 호기심을 자극하는 곳이었다. 엄마의 큰오빠가 살던 집. 엄마는 나와 남동생을 자주 외삼촌댁에 보냈다. 이사를 하는 날이라거나, 김장을 하는 날이거나, 엄마의 아홉 형제와 배우자가 우리집에서 대대적인 회의를 여는 날이라거나, 엄마와 아빠가 크게 싸우는 날이거나, 그런 날이면 엄마는 아직 어린 나와 남동생을 번잡한 집에서 거치적거리지 않게 외삼촌댁에 보내곤 했다.

커다란 나무 대문을 열고 들어가면 항상 정갈하게 비질이 된 마당이 있고 높다란 마루가 보였다. 외삼촌은 우리를 번쩍 들어서 마루 위에 앉히고 들어가라며 방문을 열어주곤 했다. 그러면 여름이면 깊숙한 방에서 서늘한 기운이 몰려나왔고 겨울이면 한지 장판의 따끈따끈하고 맨질맨질한 느낌이 전해졌다.

외삼촌 내외는 우리 일곱 형제에게 무척 다정하고 따뜻했던 분들이었다. 외숙모는 차갑기가 서리 같고 사납기가 칼날 같다고 했지만, 그래서 엄마의 다른 형제들은 누구도 외숙모집에 발을 들일 수 없었지만 우리만큼은 항상 웃으며 맞아주셨다. 물론 푸근하고 정이 많은 분은 아니라는 것쯤 어린 우리도 느꼈지만, 나는 그렇게 깔끔하고 단정하게 웃으며 맞아주는 외숙모가 좋았다. 어린 우리 뒤에서 누군가의 험담을 하지도 않았고 잔소리를 늘어놓지도 않았다. 가족이 많아서 항상 시끌벅적한 집에서 자란 나는 자식이라곤 사촌오빠 하나 뿐인, 게다가 다 자라서 거의 볼 수 없는, 그 집의 고요하고 고즈넉하며 적막하고 어두컴컴했던 그 방이 참 좋았다.

언제나 고요하게 비어 있는 큰 방은 미닫이문으로 나뉘어 있었다. 미닫이문을 열면 더욱 큰 방이 되었는데 외삼촌과 외숙모는 그 미닫이문 너머에서 간식거리를 내왔다. 꿀에 절인 밤톨과 바삭한 유과와 쫀득한 한과가 나무 접시에 정갈하게 담겨 있었다. 나는 그 미닫이 너머의 또 다른 방이 궁금했다. 저 안에는 무엇이 있을까.

소심했던 나와 남동생은 외삼촌이 들어가 있으라고 한 아랫목의 이불 속에서 한 발자국도 나오지 않고 고요한 평화로움에 잠겨 자다 깨다를 반복하고 간식을 먹으면서 그 문 너머를 상상만 할 뿐이었다.

그 집의 인상으로 인해 내게 정갈하다는 것은 집기가 최소한으로 들여져 있음을 뜻하는 것이 되었다. 반닫이 두어 개, 이불을 넣어두는 작은 농 두어 채, 재봉틀 한 개, 소반처럼 작은 책상 하나. 더 필요한 것도 없었고 덜 필요한 것도 없었다.

마당 옆 담장에는 작은 나무 문이 있었다. 그건 내게 비밀의 화원으로 가는 문이었다. 외삼촌이 가끔 그 문으로 사라지곤 했는데 마루에 앉아 얼핏 훔쳐본 그 뒤편은 푸른 대나무 숲이었다. 그 작은 문 너머에는 분명 삼촌이 몰래 가꾸는 아름다운 화원이 있을 터였다. 큰 상회를 운영했던 외삼촌과 외숙모는 항상 바지런하게 일을 했고 집 안은 정갈하기 그지없었으며 항상 맛있고 귀한 음식이 있었으니까. 그것들이 저 작은 문 너머에서 나올 것이니까. 하지만 마당은 너무 넓었고 나는 가로질러 갈 용기가 없었다.

게다가 외삼촌댁에는 새끼를 낳은 개도 있었다. 그건 정말 굉장한 일이었다. 어느 날 외삼촌이 내게 강아지를 안겨주었다. "데려가서 잘 키워라." 내가 세상에 태어나 가장 큰 선물을 받았던 날이었다. 나는 갓 태어난 새끼를 품에 안아 데려왔고 마침 티비에서는 갈색으로 보드랍고 달콤하게 부풀어오르는 샤니빵 광고가 나오고 있었다. 우리는 곧장 보송보송한 강아지에게 샤니라고 이름을 붙였다. 엄마는 강아지를 엄마 배 위에서 재웠다. 한밤중에 강아지가 배가 고파 엄마 단추를 빨아대면 엄마는 자다가도 일어나 분유를 타왔다. 나는 잠결에 엄마가 아기 강아지에게 분유를 타서 먹이는 것을 보았다. 어린 것은 그렇게 키우는 것이었다. 깊은 잠에 빠져 있다가도 어린 것이 깨우면 무거운 몸을 일으켜 차가운 부엌에서 분유를 타와야 하는 것 말이다.

외삼촌은 순하게 잘생긴 분이었다. 사진에서 본 젊은 날의 외삼촌은 일본 유학생처럼 동그란 안경에 질 좋은 양복을 빼입었고 멋진 셰퍼드를 데리고 있었다. 잘생겼지만 약간 내성적이어서 사람들과 왕래가 없었으며 엄마를 제외한 다른 형제들과도 사이가 별로 좋지 않았던 분이다. 그런 외삼촌이 과거에 몹쓸 짓을 했던 사람이라는 것을 알았기 때문일까, 내가 그 집에 관심을 가지게 된 배경이.

외삼촌이 돌아가시고도 한참 뒤에야 그의 과거 행적을 알게 되었고 나는 크게 놀랐다. 외삼촌은 일제 치하에서 공물 갹출 담당이었다고 했다. 그러니까 일제가 일으킨 전쟁에 댈 물자를 이웃에게서 빼앗았던 그런 사람. 그렇게 순하게 생긴 사람이, 항상 맑고 깨끗하게 웃어주던 사람이, 실제로 목소리 한번 높인 적 없이 순했던 사람이, 자식조차 큰 소리로 혼내지 못했던 사람이, 몹시 잔인할 수 있었다. 탐욕에 가득 차 있고, 현세의 이익에 밝아서 이웃이 죽어 넘어가도 그들에게서 목숨 같은 것들을 빼앗아 올 수 있었다.

둘째 외삼촌은 당시 일본군 전투기 조종사였다고 한다. 가미카제로 막 출항하려던 차에 일왕이 항복을 선언했고, 그 길로 한국군으로 방향을 전환했다는 것이다. 참으로 시대를 잘 이용했던 사람들이다.

전쟁이 일어나고 북한군이 밀고 내려왔을 때 우리 외갓집 식구들은 일제에 부역했던 탓에 줄줄이 엮여서 총살을 당할 위기에 놓였었단다. 그때 돌았던 소문이 하나 있었으니 대한민국 '모 중령'이 비행기를 몰고 월북을 했다는 것이었다. 온 가족이 총살을 당하러 북한군에 끌려가려던 참에 큰삼촌이 비행기를 몰고 월북한 사람을 바로 '우리 둘째'라고 했다는 거다. 당시 한국에는 비행사가 두어 명밖에 없었고 마침 성과 이름이 같아서 북한군들은 그 말을 믿어주었고, 외가의 식구들은 모두 풀려날 수 있었다고 한다.

그렇게 살아남았는데 다시 한국군에 의해 북한군이 토벌을 당했고, 우리 외가는 또다시 한국군에 의해 처형을 당할 지경에 놓였단다. 일촉즉발의 상황에서 세상은 또다시 도움을 주었다. 비행기를 몰고 월북했다던 둘째 외삼촌이 나타나서 자신은 월북한 사실이 없으며 '자랑스러운' 한국군으로서 북한군을 폭격하는 임무를 충실히 수행했다고 말한 것이다. 당연하다는 듯 가족들은 처형을 면하게 되었을 뿐만 아니라, 둘째 외삼촌은 전쟁에서 공을 거둔 것을 인정받아 이승만의 최측근이 되었단다. 대부분의 일제 부역자들은 이런 식으로 자기의 과거를 뒤엎었던 것일 게다.

우리 외가는 일제에 부역을 했고, 이승만 정권하에서 측근으로 잘 먹고 잘 살며 부를 일구었다. 아름다운 한옥은 그렇게 우리 외삼촌의 것이 되었을 터. 담장에 난 작은 문은 푸른 대나무 숲을 지나 밭으로 가는 길이었을 테지.

반면 우리 아버지는 대학 때 월북을 하려고 등록금을 꼬불쳤던 사람이었다. 같이 월북을 하기로 약속했던 친구가 배신을 하고 할아버지에게 이르는 바람에 덜미를 잡혀 내려와야 했으며 내내 보수 정권에 불복하며 살아오셨다. 이토록 성향이 판이하게 다른 부모에게서 자란 게 나라는 사람인 것이니, 내게는 태생부터 불화가 내재해 있는지도 모르겠다. 하지만 소심하여 맞부딪치는 게 어려우니 아예 터전을 들고 이사를 해버리는 성격을 갖게 된 것인지도 모르겠다.

고요하고 고즈넉했던 집. 내가 지금도 영혼을 쉬이고 싶은 곳으로 떠올리는 집. 언제나 집안의 번잡함을 피하고자 갔기 때문에 더욱 평화로운 기억으로 남아 있는 외삼촌의 집.

어떤 사람과 그 사람이 살고 있는 집에는 얼마나 유사성이 있는 것일까. 이웃의 재산을 빼앗은 외삼촌과 한없이 맑고 다정한 외삼촌에게는 얼마나 거대한 괴리가 있는 것일까. 말이 없고, 수줍어서 이웃과 말도 제대로 나누지 못했다는 우리 엄

마는 어떻게 해서 일제가 채워준 여성연맹 완장을 달고 있었
는지, 끝내 입을 열지 않아서 엄마로부터는 어떤 변명도 듣지
못했다.

　사람들이 살고 있는 집이 참 궁금하다. 그들의 사연이 차곡
차곡 쌓였을 장지문 너머가, 붉힌 얼굴이, 살림살이가, 그들의
죄악이, 그들의 선행이.

2부

、

하찮은 슬픔을 드러낼 수 없었다

불멸은 유한하며 유한한 것은 불멸한다.
살아 있는 사람은 타인의 죽음을 살며,
죽은 사람은 타인의 삶을 죽는다.

- 헤라클레이토스

죽음은 인간에게 앞서 주어진 것이다.
인간은 '자신의 죽음'을 죽는 것이 아니라,
그 죽음과 함께 그에게 앞서 주어진 죽음을 죽는 것이다.
죽음이 미리 주어지지 않았다면, 죽음은 개인을 기습하는,
훨씬 더 격렬한 사건일 것이다.

- 막스 피카르트

＊『인간과 말』(막스 피카르트, 봄날의 책, 2013)

11.   My Lips Just Sick!

한 남자가 이제 막 치료소에서 나왔다. 그 남자는 한때 시인이었고 지금은 알코올의존증으로 치료소를 들락거리고 있다. 술을 끊고 세상으로 나왔다가 다시 폭음을 하고 치료소에 들어가곤 했다.

그 남자는 치료소를 나오자 담장을 따라 저 끝까지 죽 바라보았다. 그리고 가방에서 카메라를 꺼냈다. 담장을 따라 풀이 돋아 있었고, 작은 들꽃들이 듬성듬성 피어 있었다. 그는 철문을 찍고 꽃을 찍었다. 작년의 꽃들과 비슷한 생김새일 터이다. 담벼락도 찍었다. 예전부터 있던 낙서가 조금 더 바랜 채 그의 카메라에 찍혔다. 그의 집에는 그가 지금껏 찍어온 사진이 집 안 모든 벽에 빼곡히 꽂혀 있다. 또 하나, 치료소에서 식사를 하면 주는 껌을 하나도 버리지 않고 모아 빈틈없이 진열해놓은 책상과 장식장도 있다. 지금 그의 가방 안에는 새로 모은 껌이 보름치 들어 있다.

그는 자신에게 일어난 일을 하나도 빠짐없이 기록으로 남기려고 한다. 치료소에서도 역시 하루의 일과를 사진으로 찍었다. 식단은 식단표보다 그의 사진이 정확하다. 그는 시를 쓰지 못한 날들 대신 사진을 찍는 날들을 가질 수 있었다. 그는 상상을 펼치는 대신 일과를 기록했다. 술에 취해 정신을 놓을 때도 카메라만은 놓지 않으려고 했다.

그는 아내가 떠난 날부터 사진을 찍었다. 그래서 아내는 사진 속에 없다. 아내가 없는 텅 빈 집과 아내가 들여다보지도 않은 치료소가 찍혀 있을 뿐이다. 아내는 아내의 오빠에게 돌아갔다. 아내의 오빠는 술에 절어 있는 그를 두 번 다시 만나지 못하게 했다.

전신의 피부가 너무 얇아서 핏줄이 다 드러날 것만 같은 사람이다. 그는 자기 이외의 모든 것에 예민하다. 사람들이 하는 말이 모두 자기를 두고 하는 이야기 같다. 그것이 힘겨워서 술을 마신다. 그러면 그들과 그 사이에 술이라는 불투명한 장막이 쳐지고 그는 보호받는 기분이 된다.

아내는 그가 어려운 환경에서 자랄 때부터 그의 곁에 있었다. 그는 그녀가 주는 사랑 따위를 우습게 여겼다. 술에 취해 그녀에게 그만 좀 떠나라고 객기도 부렸다. 그에게 관심을 보이는 여자는 얼마든지 있었고, 항상 허기에 시달리던 그는 그녀를 만나는 중에 다른 여자를 만나기도 했다. 그런데 그녀는 그런 점까지 눈감아주었다. 물론 그녀 혼자 많이 울었지만 결국 그 남자의 허기를 이해하고 받아주었다.

그는 가장 오래, 한결같이 남아 있던 그녀와 결혼을 했다. 그러나 매일 술을 마시고, 항상 담배를 피우고, 수시로 여자를 탐했어도 허기는 가시지 않았다. 어릴 때, 홀로된 엄마가 자식들을 키우기 벅차지자 자녀들 중 그와 막내를 할머니 집에 맡겼던 것 때문이라고 생각했다. 할머니가 불쌍히 여겨 지극히 사랑해주었지만 할머니는 할머니일 뿐, 엄마를 대신할 수는 없었다. 언제나 엄마를 그리워했다.

그런데 이게 무슨 일일까. 다 커서 엄마 집에 들어가 살았지만 엄마와는 공감대가 없어서 무슨 말을 해도 서로 이해하지 못했으며 어떤 행동도 이상하게 느껴졌고 그래서 서먹서먹했고 그 상태가 긴장감으로 이어졌다. 정서적인 유대가 절실히 필요했던 청소년기에 서로 아무런 도움도 주고받지 못한 관계는 버석거리기 마련이었다. 그렇게 어정쩡하게 몇 년을 지내다가 도저히 견딜 수가 없어서 집을 나오기 위해 결혼을 했다.

그는 아직도 이렇게 허기에 시달리는 것은 제대로 된 여자를 만나지 못했기 때문이라고 생각했다. 죽도록 사랑할 수 있는 여자를 만나면 이 허기가 가실 거라고 생각했다. 아내는 그저 일상에서 필요한 소소한 것을 채우는 존재일 뿐이었다.

그러다 비로소 이 여자이다, 싶은 여자를 만났고 천지 분간 못하는 사랑에 빠졌다. 불길에 휘감겨 있을 때는 이 여자만 있으면 다시는 어떤 여자에게도 눈길이 안 갈 것 같았다. 하지만 불길이 잦아들자 이상하게 불안해지기 시작했다. 참 이상한 일이었다. 허기는 채워지지 않았다. 정말 다시 보고 다시 봐도 자기가 가장 원하던 여자였는데 허기는 여전했다. 바라는 것만 있을 뿐 채워지지는 않았다. 새 여자는 아무것도 해결하지 못하는 남자를 떠나갔다.

여자가 떠나자 술은 점점 늘어만 갔다. 밥을 해결할 직업은 없었고, 시를 제대로 쓰는 것도 아니었고, 제대로 썼다 해도 시는 밥을 먹여주지 않았다. 어느 것도 해결하지 못하면서 피상적으로만 살아가는 그에게 아내는 지쳤고 결국 그를 떠나버렸다. 그녀는 언제나 그 자리에 있을 줄 알았는데, 아니었다. 아내가 떠나가자 거짓말처럼 그 어떤 여자에게도 눈길이 가지도 관심이 가지도 않았다. 아내만 그리웠다. 아내가 도대체 어떻게 자신을 버리고 떠날 수 있는지 이해할 수 없었다.

아내가 앉아 멀거니 자기를 바라보던 식탁 의자, 축 처진 어깨로 호박을 썰고 된장을 풀다가 문득 손을 멈추고 가슴을 들썩거리던 주방, 한밤중에 물을 마시러 어두운 거실로 나왔다가 어둠 속에 우두커니 앉아 있는 아내를 발견하고 깜짝 놀랐던 낡은 소파. 그 모든 것을 그대로 두고 딱 자기 물건만 챙겨서 떠나간 아내. 어쩜 그리 남겨놓은 게 하나도 없던지, 하다못해 쓰던 화장품 하나 남겨두지 않은 매몰찬 흔적에 놀란 그였다.

작은 아파트 바닥을 가득 메운 술병 틈에 쓰러져 있는 그를 본 친구가 그를 알코올 병동에 입원시켰다. 그는 사진을 찍기 시작했지만 그의 사진에는 사람이 찍혀 있지 않았다. 꽃, 풀, 식판, 식당의 문, 담장, 낙서들, 그런 것들만.

젊은 알코올중독자

어느 날 새벽 3시가 넘었을까. 밤 근무를 시작해서 웬만큼 정리가 되어가고 있을 때 응급환자가 올라온다는 연락이 왔다. 스테이션 바로 옆방을 준비해놓으라고 했다. 중환자실에서 올라오거나 응급실을 거쳐 입원하는 환자를 받는 병실이었다. 평소 하던 대로 시트가 잘 깔려 있는지 빠진 물품은 없는지 확인하고 나오는데, 응급실 직원 둘이 젊은 남자 환자를 휠체어에 태운 채로 들이닥쳤다. 알코올의존증 금단증상으로 자해를 시도하다가 부모에게 들켜서 왔다고 했다. 환자는 두 팔을 맘대로 움직일 수 없도록 긴 소매를 몸에 감아놓는 일명 '우주복'을 입고 있었다.

환자를 침상에 앉히고 당직 의사를 부르러 가려는데 환자가 벌떡 일어나 창문을 향해 내달렸다. 물론 팔을 휘두를 수 없어서 빨리 뛰지는 못했고 훈련된 남자 직원이 곧바로 붙잡았지만 나는 몹시 놀랐다. 다행히 그 병실은 유리창 밖에 방범창이 있어서 뛰어내릴 수 없었다. 응급실에서 진정제를 맞고 병실에 왔지만 환자는 진정이 되지 않아 안절부절못하며 병실 안을 빙빙 놀았다. 그러다가 여차하면 창문 쪽으로 뛰었다. 남자 직원 둘이 환자를 붙잡아 주저앉히느라 씨름을 하다가 결국 침상에 눕힌 채 두툼한 띠로 길게 가로질러 묶어두어야 했다. 특이하게도 환자는 전혀 소리를 내지 않았다. 입을 꾹 다물고 고개를 푹 숙이고 있다가 갑자기 벌떡 일어나 뛰곤 하는 것이었다. 눕혀놨을 때도 고개를 벽 쪽으로 돌린 채 입을 꾹 다물고 신음소리를 삼켰다. 씩씩거리는 거친 숨소리만 새어나올 뿐이었다.

내과 병동이었기 때문에 알코올의존증 환자를 받아본 것이 처음이어서 어리둥절했다. '왜, 이 환자는 여기로 왔을까?' 그것이 내가 가진 첫 번째 의문이었지만 왠지 물어서는 안 될 것 같아 처리해야 할 업무를 하고 있었고 환자는 차츰 진정이 되어갔다. 그때쯤 환자의 부모로 보이는 중년의 부부가 나타났다.

시간은 이제 새벽 4시를 넘기고 있었다. 그런데 중년의 부부는 마치 중요한 자리에 나온 사람처럼 정장을 차려입었고 기품 있는 태도를 유지하고 있었다. 부인은 금방 미장원에라도 다녀온 듯 단정한 머리 모양에 투피스를 입었고 남편은 넥타이까지 반듯하게 매고 있었다. 환자는 불안정한 상태가 지났고 직원도 곁을 지키고 있어서 결박을 풀어주었다. 우주복도 풀어 손을 꺼내놓게 했는데 환자는 불안한 듯 어쩔 줄 몰라 하면서 손으로 자신의 온몸을 더듬거리며 벌레를 잡는 시늉을 하고 있었다. 부부는 아무 말도 하지 않은 채 거리를 두고 맞은편 벽에 나란히 붙어 서서 아들을 바라보고만 있었다.

이해하기 어려운 분위기였다. 아버지인 남자는 엄격하고 꼿꼿한 자세로 아들 앞에 버티고 서서 말없이 혼을 내고 있는 얼굴이었고 부인은 포기한 사람 특유의 암담한 표정에 그래도 자존심을 버릴 수는 없다는 듯 목을 세우고 남편 등 뒤로 반쯤 몸을 숨기고 있었다. 엄마라면 금단증상으로 벌레를 잡는다고 온몸을 더듬는 그 손을 붙잡고 말리면서 통곡을 하거나, 하다

못해 화를 내며 아들을 때리거나 하는 게 일반적일 텐데 그의 엄마는 아무 말도, 아무 행동도 하지 않고 남편 뒤에 서서 의료진의 처치만 바라보고 있었다. 남편의 명령에 복종하는 또는 남편에게 모든 것을 짐 지우는 모습까지 보였다.

그 두 사람에게서 풍기는 것은 부끄러움뿐이었다. 나는 겨우 스물아홉 살의 젊은이가 어쩌다가 이토록 극심한 알코올홀릭이 되어 한 집안의 부끄러움이 되어버렸을까, 곰곰이 생각하게 되었다. 뭔가 알 것 같기도 했다. 겨우 병원에서 근무하는 하찮은 사람들에게 집안의 치부를 보이는 것이 자존심 상한다는 그 표정. 간호사나 응급실 직원에게는 말을 건네지도 않고 간단한 설명을 해도 거들떠보지도 않던 그 부부에게서 보았던 것은 자식을 부끄러워하는 모습, 그것이었다.

청년의 부모는 조금 서 있다가 당직 의사와 몇 마디 나누더니 돌아가 버렸다. 청년은 밤새 자기 몸에서 더러운 벌레를 잡고 있었고 말이다. 그들이 돌아가고 난 뒤에 의사에게서 청년의 이력을 듣게 되었다. 그의 아버지는 고위 공직자였고 집안이 아주 대단하다고 했다. 그의 형도 미국의 최고 대학에 들어가는 등 부모가 원하는 만큼 잘되었는데 둘째인 그만 어려서부터 기대에 못 미쳤다는 것이다. 집안에서 항상 걱정을 끼치는 자식으로 살아오다가 마침내 알코올에 빠져들었는데 짧은 시간에 심각하게 망가져버렸고 벌써 몇 번째 입원과 퇴원을 반복하고 있다고 했다. 나는 그 젊은 알코올의존증 환자를 안타깝게 바라보았다.

그는 다음 날 일찍 특실로 옮겨갔다. 지난 밤에는 특실이 없어서 우리 병실로 온 것이었고 자리가 생기자마자 옮겨간 것이다. 특실이 있는 병동은 오가는 사람들이 적고 통제되어 있어서 고위공직자들이 주로 이용했다.

부모로부터 패배자로 낙인 찍힌 자식. 다른 누구도 아닌 아버지로부터 인정받지 못하는 아들. 마침내 어머니로부터 내쳐진 아들. 그는 어디로 가야 하는 것일까.

그 아들은 엄마의 사랑을 얼마나 애타게 바라고 있을까. 엄마가 나약한 아들을 두둔하면 강한 아버지는 그런 엄마를 나무랐겠지. 당신이 싸고 도니까 애가 저 모양이라고, 애를 강하게 키우지 못해서 그렇다고, 아내의 책임으로 돌렸겠지. 엄마는 모든 것이 자기의 책임이 되는 상황에서 벗어나기 위해 차츰 아버지의 자리로 물러나 앉은 것이 아닐까. 판단과 징벌을 내리는 아버지의 자리로. 아니면 아버지의 그림자 속으로 숨어버렸거나.

그 젊은이의 엄마가 남편에게 "나는 엄마야!"라고 외쳤더라면 어땠을까. 나는 엄마라고. 당신은 아버지여서 아들을 냉정하게 판단할 수 있는지 모르지만 나는 엄마라고. 엄마에게 자식은 세상이 뭐라 해도 가장 소중한 존재인 거라고. 당신의 어머니가 당신에게 무한한 신뢰를 보냈듯이 나도 내 아들을 끝까지 믿는다고. 그렇게 남편에게 말하면서 아들을 지켜주었다면 어떤 일이 벌어졌을까. 엄마가 무분별하게 자식을 싸고도는 꼴이 되었을까?

엄마가 자식에게 엄격해야 할 때는 자식이 사회 상규常規를 어겨서 남에게 피해를 입혔을 때뿐이라고 생각하는 나는, 자식이 위축되고 소외되었을 때 적어도 엄마는 그 누구보다 자식에게 힘을 실어줘야 한다고 생각한다. 그렇게 했더라면 아들은 세상이 자신을 버려도 단 한 사람, 엄마만은 자기를 버리지 않을 거라는 믿음을 갖지 않았을까. 그리고 그렇게까지 자신을 포기하지 않았을지도 모르는 일 아닐까. 모르는 일이긴 하지만 말이다.

사진을 찍습니다

그가 사진을 찍는다는 것을 안 치료소의 의사가 한 가지 제안을 했다. 거리를 찍은 사진을 가져오라고. 어느 거리인지 알 만한 지표를 찍은 뒤에는 무엇을 어떻게 찍어도 좋으니 당신이 본 그 거리를 알려주고 싶은 만큼 찍어오라고.

그는 집으로 돌아와 카메라의 메모리를 갈아 끼웠다. 그리고 거리로 나갔다. 집 앞 버스 정류장에서 가장 먼 거리, 한 번도 가보지 않은 곳으로 가는 버스를 탔다. 어떤 버스를 타야 할지 결정할 때 잠시 망설였다. 복잡한 강남의 도심지가 하나, 한적한 시내 변두리가 하나, 한 번도 가보지 않았던 두 곳이 눈에 들어왔다. 그는 낯설어도 익숙할 것 같은 시내 변두리를 택했다. 그러나 막상 버스에서 내렸을 때, 흔한 소읍 같으리라 상상했던 변두리가 아니었다.

서울은 끊임없이 확장되고 있었고 변두리는 언제나 새로 개발되고 있었다. 정류장에 선 채 한참을 막막해하다가 정류장 표지판을 먼저 찍었다. 길 건너편에 새로 생긴 것이 분명한 부동산과 상가를 찍고, 막 새로 지어낸 건물들에서 점심을 먹고 나와 이리저리 흩어지는 젊은이들을 찍고, 작은 테이크아웃 커피숍 창구에서 커피를 받아들고 뚜껑을 여는 젊은이에게 카메라를 돌리다가 멈칫했다. 뚜껑을 열고 김이 피어오르는 컵에 막 입을 가져가는 젊은이가 기억 속의 누군가를 확 불러오는 게 아닌가. 다음 순간 사진을 연속으로 세 장이나 찍었다. 몇 년 전의 자신을 보는 것 같았다. 신도시의 관공서에 인턴으로 처음 입사했을 때의 그. 그날도 오늘처럼 봄이었고, 막 비가 온 뒤였고, 인턴으로 입사한 첫날 점심을 먹고 가는 길에 테이크아웃 커피를 들고 뚜껑을 열어 훅 피어오르는 수증기 사이로 첫 모금을 마셨던 그. 그렇게 평범했던 일상. 그러나 마치 자신의 일이 아닌 것 같은 낯선 일상.

그는 자신이 아내가 돌아오기를 기다리고 있다는 것을 깨달았다. 아내가 돌아오면 제일 먼저 아내의 얼굴을 찍을 테다. 그리고 그가 만나는 사람들을 찍으리라. 만나는 사람들을 정면으로 세우고 눈을 맞춘 다음 그들의 눈동자 깊은 곳에 깃든 영혼을 찍으리라.

12. 당신, 우울한가요

마치 누군가 부당하게 반은 툭 잘라먹은 것처럼 해가 짧아진 계절입니다. 우리는 찬란한 태양이 가문 날의 장대비만큼이나 요긴하다는 것을 잘 알고 있습니다. 더구나 전 세계에 불황이 몰아친 요즘 같아서는 차라리 햇빛 작렬하는 여름이 그리워질 정도입니다.

당신, 우울증이 도지기 시작했다고 '위문공연'을 와달라며 엊그제 전화했지요. 나는 다른 친구 한 명을 더 불러 당신을 즐겁게 해주려고 외출을 했고요. 당신을 만나자마자 우리는 호들갑을 떱니다. "얼굴색 좋은데? 아직 죽지 않았어!"

이렇게 심한 농담을 하고 준비해간 열대의 꽃차를 당신 코앞에 들이밉니다. 뚜껑을 열자마자 히비스커스와 장미 꽃봉오리가 만나 붉은 향내를 풍깁니다. 만오천 원짜리 열대의 향은 순간 우리의 사랑으로 당신 얼굴에 풍성한 웃음 주름을 만들어냅니다.

"자, 로맨스를 즐겨봐. 이 꽃차 이름이 트로피칼 로맨스야."

로맨스는 무슨 로맨스이겠습니까. 우울에서 벗어나 일상만이라도 평범하게 이어갈 수 있다면 다행인 사람에게. 마치 늙은 부모 앞에서 춤을 추고 노래를 부르는 중년의 아들처럼, 우리는 당신을 즐겁게 해주기 위해 애를 씁니다.

내가 주위의 시선에 아랑곳하지 않고 당신을 위해 과잉 제스처를 보이고 있지만 이렇게 전화를 해서 도움을 청할 수 있는 당신은 또 얼마나 다행인지요. 어느 날 갑자기 눈을 뜰 수 없을 정도로 몸의 모든 기능이 저하되어서, 심장이 간혹 부정맥을 일으키며 간신히 뛰는 바람에 혈압은 툭툭 떨어지며 맥은 한없이 늘어져버리고, 그래서 손가락 하나 까딱하기 어려우며, 모든 사람들이 싫어지고, 당장 저 천장이 떨어져 소리 없이 나를 덮어버렸으면, 하고 바랄 정도로 눈을 뜨고 살아야 하는 하루를 더 이상은 만들고 싶지 않은, 급박하게 진행되는 우울증의 초기에 당신이 도움을 청하는 방법을 찾아낸 것은 오래되지 않았습니다.

그 증세의 가장 큰 문제는 사람을 혐오한다는 데 있습니다. 그것도 모든 사람을. 그런데 더 중요한 것은 타인을 혐오하는 것은 자신을 혐오하는 것의 다른 얼굴일 뿐이라는 점이지요. 그러니 다른 사람에게 무슨 도움을 청할 수 있겠습니까. 하지만 당신은 그것을 극복해야 한다는 것을 알았습니다. 타인을 혐오하거나 자신을 혐오하거나, 그 결과는 돌이키기 어려울 테니까 말이죠. 당신은 더 늦어지기 전에 누군가에게 도움을 요청한 것입니다. 그것이 비록 어설픈 '공연'에 불과할지라도 어쨌거나 위기는 넘길 수 있으니까 말입니다.

우리는 소설가들입니다. 그것도 하루하루 벌어먹고 살기 힘든 소설가들이지요. 자신이 쓰고 싶은 소설만 써서는 먹고 살기에 턱없이 부족한 벌이 때문에 소설이 아닌 글들을 써야 합니다. 일은 심심찮게 있지만 빈약한 원고료는 항상 너무 늦게 들어옵니다. 그래서 가족을 부양해야 하는 일이 버겁기만 하고요. 소설책을 낼 때마다 기대했던 바가 사정없이 어그러지는 것을 감당하고 또 죽을 힘을 내서 소설을 써야 하는, 나약하고도 빈한한 소설가입니다. 우리는 당신의 우울증이 어디서 기인

한 것인가를 잘 알고 있습니다. 나 또한 당신과 똑같은 입장이기 때문이지요.

우리는 한동안 우리의 각박한 현실에 대해 열을 올리며 싸우듯 목청을 높이다가 밥벌이도 못하는 직업에 대해 자괴감을 토로합니다. 그렇지만 또 어찌합니까. 소설을 버리고 다른 일을 할 재주도, 관심도 없으니 말입니다. 우리는 하는 수 없이 스스로 선택한 자신의 직업을 끌어안고 웁니다. 그러면서 말합니다. "내가 소설로 돈을 벌게 되면 기부금을 낼 거야." "나처럼 힘들게 작업하는 후배들을 위해 조금이라도 도움을 줄 거야." 아마 이런 생각은 우리 모든 선배들도 했을 겁니다. 그러나 소설가들의 가난이 줄어들었다는 말은 들리지 않더군요. 우리는 문화사업을 지원하는 국가나 지역 단체들의 시스템에 대해서도 토론을 벌입니다. 그리고 그 모든 것이 우리의 우울증을 유발하는 원인이라고 규정합니다.

나는 집에서 나오는 길에 한 할머니를 보았습니다. 상당히 마르고 허리가 비틀려 한 몸 걷기에도 힘겨워 보이는 할머니가 봉천동 골목의 고갯길을 리어카를 밀며 가까스로 올라가고 있었습니다. 길 건너에서 그 광경을 지켜보다가 가슴이 아파 혼이 났습니다. 도저히 견딜 수 없어 길을 건너 뛰어가 지갑을 털어

할머니께 삼만 원을 쥐어드렸습니다. 그 돈이 무슨 힘이 되겠느냐마는, 부모님께 용돈조차 드리지 못하는 현실이 떠올라 그렇게라도 하지 않으면 내 가슴 깊은 곳의 죄책감을 떨쳐내기가 힘들었던 겁니다.

나는 그 할머니의 삶을 재구성해봅니다. 가까운 이들로부터 버려지는 것, 그게 아마도 마지막 장면이 될 것입니다. 우리는 자신이 그런 입장에 놓이기를 거부할 뿐만 아니라 주변에서조차 그런 장면들을 보게 될까 봐 두려워합니다. 그러나 우리 주변에는 우리가 보기를 거부한 만큼 더 잔인한 삶이 숨어 있을 것입니다. 내 삶이 힘들다고 다른 이에게서 눈 돌려버린 일들이 얼마나 많은 것입니까.

봉천동으로 이사 와서 그 같은 광경을 자주 보게 됩니다. 흔히 말하는 비행 청소년들은 적어도 봉천동에서는 스스로 택해서 그 길을 걷는 것이 아닙니다. 나는 처음에는 그 아이들에게 관심이 없었습니다. 구릉진 아파트 단지 안에서 한밤중에 오토바이를 몰고 소리지르며 달리는 아이들을 경찰서에 신고하기도 했습니다. 폭주족은 무섭기만 했고 남들을 위협하는 그들은 당연히 제제를 받아야 한다고 생각했습니다.

그 이야기를 아들에게 했더니 아들이 말하더군요. 그 아이들, 신고하지 말라고요. 한밤중에 오토바이로 내달리는 것이 아니면 그 어디에서도 힘든 삶을 풀 수 없는 아이들이라고요. 아들은 이 동네 학교로 전학 온 뒤에 난생 처음 보게 된 어려운 처지의 아이들에 대해 이야기하기 시작했습니다. 부모가 없고, 있다 해도 반신불수인 보호자가 누워 있는 가정, 겨우 열서너 살밖에 안 된 아이가 동생을 돌보며 학교에 다녀야 합니다. 그 아이가 무슨 돈으로 동생을 거두며 학교에 다닐 수 있겠습니까. 그 아이는 어쩔 수 없이 학교를 그만두고 치킨과 피자와 자장면을 배달해야 한답니다. 그런데 어느 날부터 학교에 나오지 않는 아이를 골목길 치킨집 앞에서 본답니다. 그 길을 지나다닐 수가 없어서 돌아가야 한답니다. 그 아이들을 보는 게 고통스럽답니다.

그 말을 듣고서 아들의 시선으로 배달일을 하는 청소년들을 바라보게 되었습니다. 같은 반에서 공부하던 아이들이 어느 날부터 학교에 나오지 않고, 학원에 가는 길에 야식 배달집 앞에서 오토바이를 중심으로 옹기종기 앉아 있는 것을 보게 됩니다. 그 아이들과 아들은 아주 잠깐 눈이 마주치지만 서로 더 이상 아는 척은 하지 않습니다. 그 아이들과 아들은 서로 다른 세상에서 사는 것임을, 서로 어울려 이야기할 관계가 아님을 인식하고 있는 것입니다.

그러나 서로 다른 세상이라고 하지만 그 경계가 얼마나 허술한지, 우리 아들 같은 아이들이 언제 그런 입장이 될지는 아무도 모르는 일인 것입니다. 그제야 같은 반 친구였던 아이를 그런 식으로 마주치는 것이 그 작은 가슴을 얼마나 착잡하게 만들었을지 비로소 알게 되었습니다.

열 살도 안 되는 아이들, 또는 그보다 겨우 몇 살 더 많은 아이들, 그들은 혼자 힘으로 먹고 동생을 돌보고 학비를 내고 살아야 합니다. 그 청소년들은 학교와 지역사회 어느 곳으로부터도 보호받지 못하고 결국 학교를 자퇴하고 맙니다. 그들은 자기 자신을 원망해야 하는 걸까요. 우리는 그 아이들에게 너희들의 조건을 받아들이고 열심히 공부하고 밤새워 일해서 자수성가하라고 권해야 하는 걸까요. 그리고 그렇게 하지 못한 이들을 가차 없이 무능하다고 사회 밖으로 몰아내야 하는 걸까요.

우리 사회에는 열심히 일하지 않아서 힘든 게 아니라는 것을 깨닫게 하는 일이 많습니다. 인간으로 태어나 수많은 차이를 목격하고 살아야 하는 것도 우리를 우울하게 합니다.

다른 분야에서는 또 어떻습니까. 연예인들이 우울증으로 극단적 선택을 한다는 소식이 종종 들려옵니다. 자기 자신이 아닌 타인의 삶을 연기하고 몰입해야 하는 연예인들은 감수성이 예민한 사람들입니다. 상처 입기 쉬운 영혼들이지요. 자본주의가 극도로 발달한 현재의 스타 시스템은 냉정합니다. 돈을 불러들이지 않는 연예인은 곧바로 내동댕이쳐집니다. 살아남기 위해 원치 않는 선택을 해야 하는 경우가 비일비재합니다. 게다가 한 스타에게 열광했던 사람들이 바로 그 스타에게 돌을 던집니다. 그 불안함을 이기지 못하고 간혹 삶을 등지는 경우가 일어나곤 하는 겁니다.

살아남기 위한 변신을 요구받는 것은 비단 연예인뿐만이 아닙니다. 우리 사회의 모든 구성원들도 마찬가지입니다. 한국사회의 가장은 또 어떤가요. 경쟁에 내몰리면서도 오직 경제적인 능력에 의해서만 인정받는 현실은 서글프기 그지없습니다. 이 시대를 살아가는 이들의 벅찬 삶은 어디서 위로받아야 하는 걸까요. 그 모든 우울증을 개인과 그 가족의 회복 능력에만 맡겨비리는 사회는 과연 제 책임을 다하고 있는 걸까요.

얼마 전에 한 어린 배우의 기부금으로 논란이 있었습니다. 대다수의 사람들에게는 꿈만 같은 액수를 버는 그가 자신을 좋아해준 국민들에게 고마움을 느끼고 일부를 되돌려줄 생각을 했다는 것이 얼마나 대견스러운가요. 연예인들이 쉽게 돈을 버는 것은 아닐 테지요. 그리고 기부를 쉽게 생각하는 것도 아닐 겁니다. 그러나 꼭 그렇게 해야만 할 필요를 느꼈을 것입니다. 선행이 눈에 보이거나 보이지 않거나 그게 무슨 논쟁거리가 되어야 합니까. 눈에 보임으로써 다른 이들의 선행을 촉발

할 수 있다면 더 좋은 일 아닐까요.

그러고 보니 미국의 소외계층 지원 프로그램을 본 친구의 이야기가 기억납니다. 미국에서는 소외된 사람들을 지원하기 위해 공격적인 마케팅을 동원하고 있더군요. 아이들 하나하나의 얼굴과 그 아이가 처한 곤경을 열거해놓고 '당신이 당장 이 아이를 선택하지 않으면 이 아이는 굶어 죽습니다'라고 덧붙이는 겁니다. 호기심으로라도 일단 그 프로그램에 관심을 가진 순간, 그걸 보고도 한 푼도 내지 않을 배짱을 가진 사람은 없을 거라고 하더군요. 그리고 그 지원 프로그램은 약정한 기간 동안 약정한 기부금을 어김없이 빼간다고도 하고요.

물론 가진 자의 기부가 궁극적인 해결책이 되지는 않을 것입니다. 체계적인 복지 시스템 구축이 무엇보다 우선되어야 할 것입니다. 그러나 우리 주변의 아픈 자들을 조금만 더 돌아보면 어떨까요.

우울을 덜기 위해 우리는 노년의 꿈을 이야기합니다. 친구가 이런 말을 합니다. "난 나이가 들면 봉사하기 위해서라도 종교를 갖고 싶어. 내가 누군가를 돌볼 수 있다면 그 노년이 얼마나 다행이겠어."

누군가를 위해 뜨거운 불 앞에서 커다란 들통에 국수를 삶고 땡볕 아래에서 땀 흘려가며 음식을 덜어주는 행위는 그 일을 하는 각각의 사연이야 어쨌든 주는 사람과 받는 사람을 함께 치유하는 행위임에는 분명할 것입니다. 자신을 보잘것없다고 여기거나 종교에 기대고 싶어도 차마 나가지 못하는 사람에게는 직접 찾아와 꾸준하고도 지속적인 봉사를 하는 종교단체가 있다는 것도 희망이 됩니다.

그 친구에게 당신도 나도 크게 고개를 주억거립니다. 지금 내가 받는 위로와 사랑을 그래, 나도 돌려줄 수 있어야겠지. 우리는 서로 어깨를 다독거립니다. 이제 누가 누구를 위로하고 누가 누구에게 위로를 받는지 모르겠군요.

그러니 우리, 너무 힘들 때는 이렇게 말하기로 해요.

"나, 지금 죽을 만큼 힘들어. 친구야, 나를 위해서 노래를 불러주고 춤을 춰줘. 그리고 네가 할 수 있는 만큼 나를 위로해줘. 너만큼은 나를 아무 편견 없이 사랑해줘. 그리고 내가 내일 다시 눈을 뜰 수 있게 도와줘."

13.　　　　나는 집에 있었지
　　　　　그리고 비가 오기를
　　　　　기다리고 있었지

봄이 왔다는데 아직 거친 바람이 연극가를 휩쓸던 날 본 연극
이었다. 제목이 길었다. 제목만으로도 어떤 작품일지 감이 왔
다. 스토리 라인이 없을 게 분명했고 어떤 사람에게는 무척이
나 지루할 게 뻔했다. 그런데 나는 호기심이 일었다.

　무대와 객석의 1열은 같은 높이였고 객석의 2열부터 높아져
서 무대를 내려다보는 구조였다. 무대를 전혀 높이지 않고 객
석과의 경계는 물이 반쯤 든 투명한 플라스틱 컵을 화단처럼
몇 겹 둘러놓은 것이 다였다. 객석에 가 앉기 위해서는 물컵을
조심스럽게 피해 걸어가야 했다. 객석에 앉아 발을 조금만 길

게 내뻗으면 물컵이 닿을 만큼 무대와 객석은 가까웠다. 그런 점이 마음에 들었다.

객석에는 여느 연극 공연과 달리 프랑스인으로 보이는 외국인들이 상당히 많이 앉아 있었다. 무대 옆의 작은 스크린에 배우들의 대사를 희곡의 원문 자막으로 띄워주었다. 숙명여대 불문과 교수가 번역하고 같은 과 프랑스인 교수가 연출했다는 이 연극은, 연극의 메카에서 자란 프랑스인이 연출했기 때문일까? 요즘 우리 연극계에서 흔히 볼 수 있는, 적당히 코믹한 연극이 아닌 정통 연극의 맛을 충분히 살린 느낌이었다.

가장 나이 많은 여자, 어머니, 장녀, 차녀, 가장 나이 적은 여자. 이렇게 다섯 명의 여자는 15년 전에 집을 나간 아들이자 남동생이 집에 돌아와 단 한마디의 말도 하지 않고 쓰러져 누운 그 순간부터 기나긴 세월 동안 쌓이고 쌓인 감정을 쏟아내기 시작한다. 그동안 모든 가족이 오직 한 사람만 생각하며 기다렸건만 어떤 이야기도 서로 전혀 주고받지 못했다. 15년 동안 내면에만 쌓아두었던 애정과 증오와 분노가 가족 안에서의 각자 위치와 역할에 따라 다섯 층위로 쏟아져 나온다. 중얼거리고 외치고 주장하고, 마침내 폭발한다.

다섯 여자는 가장 사랑했던 대상이 자기들을 버리고 떠나

완전히 절연한 것을 받아들일 수가 없어서 아들이 집을 나가던 그날 있었던 일을 돌이키고 또 돌이키며 과거에 묶인 채 한 발짝도 움직이지 않고 있었다.

똑같은 말을 계속 반복적으로 중얼거리면서 비탄에 젖어 점점 톤을 높인다. 그렇게 소나기처럼 외쳐대다가 마침내 한꺼번에 몰아친 홍수에 둑이 무너지듯 폭발한다. 사랑해서 그렇게 세월을 바치며 기다린 줄 알았다. 그런데 사랑만이 아니었다. 한 사람이 다섯 사람과 맺은 관계는 각각 다른 의미로 인해 애정은 불만이 되고 증오가 되고 분노가 되었다. 다섯 사람이 쏜 화살들은 나머지 구성원 넷에게로 각각 날아간다.

그 반복적 중얼거림과 폭발이, 기다리는 목적도 방향도 잃은 채 충격적인 현실에 무너져버린 폐쇄적인 삶을 그대로 보여주고 있었다. 그 끝없는 기다림에서 벗어나고 싶지만 애정에 대한 의미 부여가 강했던 탓에 무의미로 전환시키는 게 너무 어려웠다. 무의미한 세월을 무의미하다고 인정하기 어려워서 의미를 되새기며 서로가 서로를 묶어두고 감시한다.

의미를 부여해서 절대적 가치가 되어버린 것에 한 번 신념이 결합되면 무의미함을 깨닫게 되어도 포기가 상당히 어려워진다. 이런 일은 한 개인, 한 가정 안에서도 일어나고 공동체에서도 국가적으로도 일어난다. 이데올로기는 그렇게 이루어진다.

소포클레스에서부터 비롯된 인간의 비극적 숙명에 관한 이야기를 어느 한 시대에서 벗어나 보편적 차원으로 확대시킨, 여러 시각에서 다양하게 해석할 수 있게 만든 흔치 않은 연극이었다. 주제 의식에서 보자면 클래식하지만 형식 면에서는 모던했다.

지금 내가 놓인 상황이 사방은 꽉 막혀서 아무런 탈출구도 없고, 나는 쉽게 떨칠 수 없는 관계에 묶여 있으며, 이 상황에서 벗어나려면 기존의 모든 것을 버려야 하고, 그래서 오지 않는 비를 기다리며 '언젠가는 이 늪 같은 현실에서 벗어날 날이 오겠지' 생각하면서 하루하루를 살아가는 것. 밖에서 냉정하게 바라보면 무가치한 것에 매달려 살아가는 것 같지만, 그 안에서는 행여 소중히 지켜온 것을 놓칠세라 아등바등 가치를 부여하고 또 부여하며 살아갈 명분을 만들고 있는 것. 그것이 우리 삶이 아닐까.

나는 이 희곡을 쓴 작가에 관심이 생겼고 이런 고전적인 주제 의식을 가진 작가가 어느 시대 사람인지 궁금해졌다. 알고 보니 오래전 사람도 아니었다. 1957년에 태어난 장뤼크 라가르스는 1979년부터 희곡을 낭독 형식으로 소개하기 시작하여, 이후 수많은 작품을 창작하고 무대에 올린 현대 프랑스 작가이자 연출가였다. 〈나는 집에 있었지 그리고 비가 오기를 기다리고 있었지J'étais dans ma maison et j'attendais que la pluie vienne〉는 프랑스 문화성의 특별 창작 프로젝트로 1994년에 쓰였고, 작가는 에이즈로 이듬해에 서른일곱의 나이로 죽었다. 극은 그가 죽은 뒤에 초연되었다. 그 뒤로 이 작품은 수많은 나라에서 번역되고 공연되었으며, 2007년은 '장뤼크 라가르스의 해'로 지정될 만큼 그와 그의 작품은 많은 사랑을 받았다.

이 작품을 쓸 당시 작가는 이미 자기가 에이즈인 것을 알고 있었다. 그래서 그의 대부분의 작품에는 죽음에 대한 두려움과 죽음 이후의 세상에 대한 의식이 많이 반영되어 있다. 이 작품 역시 남자가 세상을 떠돌다 죽기 직전 집에 돌아와 죽음만큼 깊은 잠에 빠졌음을 여자들의 입을 통해 계속 이야기한다. 죽기 위해 돌아왔음을 알기에 그의 의미를 되새기고 되풀이하며 이 모든 기다림 끝에 자리한 허무함에 저항하는 것이다.

고전적이면서 모던한 작품성, 다양한 해석을 낳을 수 있는 상징성으로 이 작품은 프랑스 대학 입학 자격시험인 바칼로레아baccalauréat에 채택되기까지 했다. 그래서 이미 이 시험을 거쳐 대학에 들어간 프랑스 유학생들까지 이 연극을 보러왔던 것이다. 초현대적이고 당대적인 것에 문학적 관심이 집중되어서 바로 2, 30년 전의 시대 상황만 건드려도 역사소설 운운하며 폄하하는 우리나라와는 달리, 내용이나 형식적인 면 모두에서 시대를 아우르는 보편적 가치를 중요하게 여기는 프랑스는 문학과 예술에 관한 한 천국임에 틀림없었다.

노년의 가치

한 사회 내에서 의미 있고 가치 있다고 여기는 일은 분명히 있다. 아주 어려서부터 여러 통로를 통해 계속 교육받기 때문에 인간이라면 당연히 가치 있는 일을 해야만 한다고 생각한다. 그리고 가치 있는 일을 하기 위해서 가치 있는 인간이 되어야 한다고 강요받는다.

그런데 인간은 참으로 불쌍하다. 언젠가는 가치 있는 일에서 떠나야 한다. 평생 가치 있는 유형의 물질을 생산하던 사람도 필연적으로 아무것도 생산할 수 없는 시기가 온다. 그 시기가 긴 사람도 있고 짧은 사람도 있다.

가치 있는 일을 하지 못하는 상태가 된 사람들이 있다. 누군가의 도움으로 간신히 생명을 이어가야 하는 사람들이 생긴다. 당연하다. 인간인 이상 누구라도 질병에 걸려, 노쇠해져, 또는 장애를 입어 그 어떤 가치도 생산하지 못하는 일이 생길 수 있다. 그런데 자본주의 사회에서 이런 사람들은 스스로 죄인으로 살아간다. 오랜 시간 생산자의 입장에 있었기 때문인지 그저 소비만 하는 사람이 되는 것을 받아들이기 어려워한다. 경쟁이 심한 사회에서는 특히 더 그렇다.

조용한 날, 바람이 서늘하게 불어오고 사위는 어슴푸레한 빛에 잠기고, 혼자 있게 되는 시간. 우리는 가끔 자신이 병든 뒤를 생각해보거나 늙은 뒤의 모습을 떠올리거나 혼자서는 화장실도 못 가게 되는 날을 상상해본다. 상상하기 싫어서 언제까지나 뒤로 미뤄둔, 그때의 내 얼굴을 억지로 떠올려본다. 그러나 끝까지 그 얼굴은 떠오르지 않는다. 그 대신 내가 아는 다른 누군가의 노년의 얼굴이 떠오른다.

젊은 날에는 자신이 거추장스러운 존재가 된다는 것을 받아들이기 어렵다. 그래서 천재는 요절한다는데 서른이 되면 죽겠다느니, 예순까지 살면 충분하지 않겠냐느니, 나는 남의 짐이 되느니 스스로 세상을 떠나겠다느니, 하는 말들로 객기를 부리곤 한다. 나이가 조금 들어서는 그렇게 객기를 부리지 않지만, 남에게 짐이 되는 것만큼은 어떻게든 면해보겠다고 다짐한다. 그래서 나름대로 머릿속으로 이 궁리 저 궁리를 하지만, 내심 알고 있다. 막상 닥치기 전에는 그 모든 대책들이 막연할 뿐이며 정작 자신의 마음이 어떻게 변할지 결코 알 수 없다는 것을.

그래서 젊은 사람이 "나는 늙으면 이렇게 저렇게 살 거야"라고 하는 말은 믿지 않는다. 다들 "더 살아봐, 어떻게 될지 아무도 몰라" 하고 대답한다. 그러나 나이가 지긋하게 들어가는 사람의 말이라면 귀를 기울이게 된다. 더구나 유난히 남자답게, 유난히 공격적으로, 유난히 경쟁적으로 살아온 사람이 어깨에서 힘을 빼고 하는 이야기에는 나도 모르게 점점 귀가 다가간다.

　그 연극의 희곡을 번역한 분과 그분의 남동생, 여동생이 함께한 자리였다. 그분의 남동생이 이야기를 시작했다. 자기 사업체를 운영하고 있어 남들보다는 은퇴 시기를 늦출 수 있겠지만 어쨌거나 은퇴를 해야 할 텐데 '나는 무엇을 할 수 있을까요' 하고 말문을 열었다. 동네에 은퇴한 어른이 세 분 계셨는데 사회생활을 비교적 잘 해낸 분들이어서 이제는 여생을 편히 즐기면 된다며 단 하루도 빠짐없이 어울려 술을 마시더란다.
　가로등이 나간 지 몇 달이 되어도 갈아 끼우지 않는 것을 보고 경찰 생활을 하셨던 분에게 '구청에 아는 사람도 많을 텐데, 가로등 전구를 갈아 끼워달라고 말 좀 해주고 으슥한 곳도 돌아보면서 동네를 좀 살피면 보람되지 않겠냐'고 했지만 이젠 일선에서 떠나고 싶다고 하더란다. 그렇게 매일 술추렴을 하더니 한 사람은 간암으로 일찍 돌아가시고, 한 사람은 뇌졸중에 걸리고, 한 사람은 알코올중독 상태가 되어서 병원에 의지하고 있단다. 그것을 보고 자신의 노후를 심각하게 생각하게 되었다고 했다. 나는 노후를 어떻게 보내야 할까.

그분은 불교 국가인 캄보디아를 여행하던 중에 어떤 장면 앞에서 꼼짝 못 하고 서 있었다고 했다. 아침이었고 어느 사원 앞 길가에는 시주를 할 사람들이 줄을 지어 서 있었다. 그들은 하나같이 손에 음식을 담은 그릇을 들고 있었고 그 뒤쪽으로는 그들에게 음식을 파는 장사치들이 모여 있었다. 탁발승들이 시주자들 앞을 지나가면 시주자들은 자기 앞을 지나는 승들에게 떡을 한 조각씩 떼어 주었다. 탁발승은 거의 200여 명 정도 되었고 그 뒤로 거지들이 100여 명 따라왔다. 시주자들은 한 사람 한 사람에게 딱 한 조각씩만 음식을 떼어 발우에 넣어주었다. 승들은 그렇게 수많은 시주자로부터 한 조각씩 한 그릇을 모아 사원으로 들어갔다.

그런데 자세히 보니 시주자들은 지치지도 않는지 한 사람 한 사람에게 일일이 고개를 숙여 절을 하며 떡을 떼어 주더란다. 탁발승이 모두 지나간 뒤로 길게 이어진 거지들에게도 고개를 숙여 절을 하고 시주하는 것을 본 그는 '왜 저렇게 조금씩 주나, 한 번에 한 그릇씩 담아주면 되지. 어차피 뒤에 모여 있는 장사치들에게서 사서 주는 건데, 돈으로 주면 더 편할 테고' 같은 생각을 했다고 한다.

그런데 그 해답은 바로 한 조각씩 떼어 주면서 등을 굽혀 절을 하는 데 있다는 걸 깨달았다. 시주는 베푸는 게 아니라는 것. 나를 위해 수천 번 등을 굽혀 절을 하며 작은 것을 주는 것. 한꺼번에 많이 갖다 바치는 것은 아무 의미가 없다는 것.

또한 승들 역시 당연하게 받는 게 아니라는 것. 승은 시주자들 위에 군림한 사람이 아니라 이 아침의 탁발 의식을 통해 누군가를 향해 등을 굽혀 절을 하며 자신을 돌아보는 우리와 같은 사람이라는 것.

그는 그 일화를 전해주던 끝에 자신이 직접 겪었던 일도 이야기했다. 그는 이모부가 입원해 있는 병원에 문병을 가면서 뭔가 해드릴 게 없을까, 생각하다가 '그래, 이발이나 해드리고 오자' 하고 마음먹었다. 뇌졸중으로 오래 입원해 계신 상태라 머리가 길어도 쉽게 이발하지 못할 테고, 항상 짧은 머리로만 있는 남자들은 머리가 조금만 길어도 무척 불편할 거라는 생각이 들었던 것이다. 가위와 전동 이발기와 보자기를 챙겨서 이모부에게 갔다. 머리를 깎아드리겠다고 했더니 이모부의 얼굴이 너무나 밝아지더란다.

어깨에 보자기를 씌우고 전동 이발기로 머리 주변을 정리하고 가위로 싹둑싹둑 잘라드리니 시원하다며 그의 등을 쓰다듬고 또 쓰다듬으셨다. 그것을 보고 있던 옆 병상의 환자가 자기도 해달라는 것이 아닌가. 한 번 든 가위 두 번이라고 못 들까

싶어 옆의 분도 깎아드렸다. 그런데 이게 웬일인가. 옆의 옆에
분도, 그 옆의 옆에 분도 눈을 반짝이며 깎아달라는 게 아닌가.
그날 하루 온종일 머리를 깎아주고 돌아왔단다.

한 달 뒤에 병문안을 가면서 다시 이발 기구를 챙겼다. 그날
은 이발 요청이 위층까지 쇄도했다. 어떤 환자는 완전히 시원
하게 밀어달라고 하고, 어떤 환자는 스포츠형을 원하고, 어떤
환자는 머리 주변을 이발기가 아닌 가위로 다듬어달라고 했다.
어떤 환자는 옆머리는 짧게 앞머리는 길게, 하는 식으로 까다
롭게 주문했다. 병상에 누운 채 바깥 바람 한 번 쏘이기 어려운
노인들이지만, 말도 잘 못 하는 노인들이지만, 눈이 얼마나 반
짝이는지 그때 처음 알았으며 살고자 하는 욕망이 얼마나 강
한지, 또 평소에 자기 취향을 얼마나 아끼는지도 깨달았다고
했다. 그들의 눈을 보고 아픈 노인들에 대한 생각이 달라졌다.
그들에게도 자기만의 삶이 남아 있었다. 누군가에게 대신 살아
달라고 떠넘길 수 없는 삶이. 그래서 그는 그들의 취향을 살려
서 머리를 깎아줘야 했다.

이발 한 번 했을 뿐인데 날아갈 것처럼 좋다고 말하는 노인
들. 그는 울컥 치미는 슬픔과 기쁨, 그리고 앞으로 할 수 있는
일이 생겼다는 안도감을 느꼈다고 했다.

애초에는 큰 생각 없이 한 일이었다. 그런데 캄보디아에서

아침 탁발 행렬을 보고 있을 때 이발에 얽힌 그 경험이 떠오른 것이다.

"아, 나는 이 일로 노후의 날들을 보내야겠다. 누군가의 머리를 깎아주며 등을 굽히는 시간을 가져야겠다. 병원에 있는 노인들이니 이발 실력이 좋아야 하는 것도 아니고 그러기엔 나 역시 노인일 테니 이만하면 충분하다. 그래, 매번 봉사만 할 수는 없을 거다. 그렇게 되면 중간에 그만둘 수도 있을 테니 받을 수 있다면 이천 원이나 삼천 원을 받자. 그것도 줄 수 없는 사람이 눈을 반짝인다면 그분은 그냥 해드리자. 돈을 받고 이발을 하면 책임감이 생겨서 나태해질 수 없을 거다."

하는 생각까지 나아갔다. 사람들은 노년의 회복에 대해서는 큰 관심을 기울이지 않는다. 그래서 노인들은 외롭다. 옆에서 적극적으로 회복을 돕지도 않는다. 뇌졸중 환자가 걷는 연습을 할 때 옆에서 도와주는 사람은 대개 늙은 부인이다. 그들은 자기 몸도 혼자 건사하기 힘들다. 노인이 노인을 수발하는 것은 참으로 힘든 일이다. 그래서 늙은 부인은 제발 혼자서 걸어다니고 혼자서 움직이기라도 하라는 심정으로 회복을 도우며 기다린다. 회복되어서 예전처럼 싱싱한 삶을 살아갈 것은 기대하지도 않는다.

다만 노인 환자 역시 다른 보통의 사람들이 누려야 할 것들을 박탈당하지 않도록 어떻게든 방법을 찾아야 하지 않을까. 방구석에 갇혀 지내거나, 요양원의 침대에 묶여 있거나, 늙은 배우자의 손에 맡겨지지 않도록.

쓸모 있는

예전에 우리 아버지가 허리 수술을 했을 때가 생각난다. 아버지는 68세에 요추 디스크를 인공 디스크로 바꿔 넣는 수술을 하셨다. 수술은 장장 18시간을 넘겨 끝났고 우리는 한밤중에 수술실에서 실려 나오는 아버지를 보았다. 온몸이 핏기가 완전히 가셔서 창백하게 누런 빛을 띠었고 금방 냉동실에서 나온 것처럼 차디찼다. 평소 아버지는 매우 활기차신 분이라 쿨쿨 주무시다가도 누군가가 자신을 부르면 벌떡 몸을 일으켜 뛰어나가실 정도로 에너지가 넘치는 분이었다. 그런 아버지가 차디차게 식은 채 실려 나왔다. 그때 처음 아버지를 만져보았는데 그동안 숱하게 수술 환자를 받아본 나였지만 남을 받는 것과 내 아버지를 받는 것은 천지 차이였다.

내 혈육 중에서 수술을 한 첫 경우인 데다 오랫동안 수술을 했고 그렇게 완전히 정신을 잃은 모습 또한 처음 보았기 때문에 나는 속으로 몹시 떨었다. 그렇게도 활기찬 아버지가 이런 모습이 되리라고는 전혀 예상치 못했기 때문이다. 그때 나는 아무에게도 말은 안했지만 아버지의 죽음을 미리 본 것만 같았다. 그리고 실제로 아버지가 몇 년 뒤에 돌아가셨을 때 이때와 너무나 똑같아서 놀랐다. 나만 그런 것이 아니라 수술 후의 아버지를 보았던 우리 자녀들은 다 그런 말을 했다. 아버지를 보고 큰 충격을 받은 것이었다.

나는 언제나 수술실에서 나온 사람을 따뜻하게 덮어줘야 한다고 생각했기 때문에 차가운 몸을 보면 마음이 급해졌다. 시원한 수술실에서 체온이 뚝 떨어져 있다가 마취에서 깨어나기 시작하면 얼마나 추운지 모른다. 그때 덜덜 떠느라 몸살이 생길 수 있다. 그래서 나는 수술 환자를 간호하는 사람에게는 항상 여벌의 담요를 챙겨가라고 말하곤 한다.

수술 첫날, 셋째 언니와 함께 아버지 곁에서 밤을 지새웠다. 새벽녘에 잠시 정신을 차리신 아버지는 우리가 아버지를 지키고 있었다는 것을 알고 "어? 너희들이 있었냐?" 하셨다. 우리는 아버지에게 달려들 듯 병상에 다가가 "아버지 어떠세요? 안 아프세요?" 물었다. 아버지는 "어, 난 괜찮다. 어서들 자라" 하시고는 다시 혼절하듯 잠이 드셨다. 수액에 연결된 진통제가 계속 들어가고 있어서 크게 아파하지는 않으셨는데 아침이 다가 올 무렵 크게 끙, 하는 소리를 내셨다. 아버지는 평소에 워낙 잘 참는 분이셨으니 얼마나 많이 아프신 건지 짐작할 수 있었다. 나는 얼른 진통제를 펌핑해서 추가로 주입하였다.

우린 모두 아버지의 회복이 더딜 줄 알았다. 나이가 많으시고 디스크가 워낙 오랫동안 짓눌려 있던 탓에 척추뼈도 닳아서 몇 개나 내려앉아 있었기 때문이다. 이런 이유들로 회복이 희망적이지만은 않아서 수술도 힘들게 결정했었다. 그런데 아버지는 바로 수술 다음 날 아침부터 힘차게 회복하기 시작하셨다. 원래도 아프다고 가만히 누워 있는 분이 아니었지만 사흘이 지나자 걷기 연습을 하겠다고 하셨다. 바로 옆 병상에는 디스크 수술을 한 이십 대 젊은이가 의사가 어서 일어나 운동을 하라고 권해도 끙끙거리며 일어나지 못하고 있는데, 아버지는 허리에 보조 기구를 장착하고는 밀고 다니는 기구를 잡고 걷기 시작하셨다. 의사들은 무리하지 않는 선에서 얼마든지 운동을 하라고 했다. 입원 기간인 열흘을 간신히 채우고 퇴원하셨는데, 차를 오래 타는 것은 아직 무리라서 집에 내려가지 않고 둘째 언니네 집에서 며칠 동안 가료를 하기로 했다.

퇴원하시고 이틀 뒤에 아버지를 뵈러 갔다. 아버지는 자식들이 들어서자 일어나 앉으시더니 다짜고짜 드라이브를 가자고 하시는 게 아닌가. 별로 아프지도 않은데 집 안에만 있으니 답

답하시다는 거다. 우리는 화들짝 놀라며 와자하니 웃음을 터트렸다. "그럼 그렇지, 우리 아버지가 누군데! 이렇게 누워 계실 분이 아니지." 그러면서도 운전은 무리라고 아버지를 말려야 했다. 그 대신 와자지껄하게 웃고 이야기하며 음식을 차리고 먹으면서 분위기를 활기차게 만들었다. 아버지는 빠르게 회복하셨고 예전처럼 쾌활하게 사방팔방을 뛰어다니셨다.

자식들이 뭐라도 도와달라면 당장 뛰어가시고, 친구들이 뭐 좀 해달라고 해도 뛰어나가시고, 엄마가 들어올 때 시장 좀 봐오라고 하셔도 흔쾌히 파며 감자를 사오셨다. 직장에서 일하던 자식들이 업무 중에 가정사를 볼 일이 있을 때는 아버지를 부르면 바로 해결되었다. 자식들 집에 방충망이 떨어졌다고 하면 얼른 방충망을 만들어서 달아주셨고, 문짝 손잡이가 고장났다고 하면 서울이든 강원도든 달려가서 고쳐주셨다.

아버지는 쓸모없는 노년을 보내지 않으셨다. 대부분의 부모님들 역시 쓸모없는 노년을 보내고 계신 게 아닐 것이다. 젊을 때 하던 일과 내용만 조금 다를 뿐 그 나이에 맞게, 그 나이에 필요한 일을 하며 젊을 때와는 다른 기쁨을 누리며 살아가는 것이다. 어쩌면 노년에도 젊을 때와 똑같은 일을 하고 싶어 하고, 똑같은 기쁨을 누리려 하는 게 더 이상한 일이 아닐까.

내가 언젠가 큰언니에게 말한 적이 있다.

"나는 글을 쓸 수 없는 나이가 되는 게 두려워. 글을 쓸 수 없는 삶이란 내게 무가치한 것이기 때문에 그쯤 되면 나는 살고 싶지 않을 것 같아. 살아 있을 이유가 없어."

그러자 언니가 말했다.

"사는 즐거움이 한 가지만은 아니야. 태어나서 죽을 때까지 한 가지 즐거움으로만 살아야 한다면 굳이 오랜 시간을 살아 있을 이유도 없잖니? 삶에는 단계가 있고, 그 단계마다 새로운 기쁨과 즐거움이 있어. 노인들이 다 우울하고 슬프고 쓸모없을 거라고는 생각하지 마. 그 단계에 맞는 새로운 즐거움을 찾아낼 수 있도록 삶을 받아들여 봐. 나도 이 나이를 살기 전에는, 손자들을 갖기 전에는 이런 즐거움을 맛볼 수 있을 거라곤 생각지 못했어."

나는 고개를 끄덕일 수밖에 없었다. 연장자는 역시 연장자였다. 예전에 나를 가르쳐주셨던 댄스스포츠 선생님이 했던 이야기도 생각났다. 그분은 굉장히 활발한 분이었다. 여러 군데에서 레슨을 했는데 회원이 무려 700여 명이나 된다고 했다.

일주일 내내 스케줄이 빡빡했고 일요일을 빼고는 쉬는 날이 없었다. 그런데도 항상 밝고 활기차고 건강했다. 얼마나 운동을 해댔는지 길고 날씬한 몸이 군살이라곤 하나도 없이 근육뿐이었다. 도대체 얼마나 일을 해야 피곤해지는 걸까, 싶을 정도로 에너지가 넘치는 분이었다. 그분이 그랬다. 엄마가 다니는 경로당에 봉사를 하러 갔었단다. 엄마와 엄마 친구들도 볼 겸해서 몇 회쯤 무료로 댄스스포츠를 가르쳐줄 생각이었다. 큰 기대는 하지 않았다.

그런데 이게 웬일인가. 할머니, 할아버지 들이 열광적으로 좋아하시는 게 아닌가. 몇 번 하고 말 생각이었는데 도저히 그만둘 수가 없었고 스케줄은 빡빡해서 고민이 되었다. 그러다 결국 레슨을 한 타임 줄이고 경로당 봉사를 계속하기로 결심했단다. 행복해하는 그분들의 모습을 보고서는 도저히 그만둘 수 없었다.

웬만해선 웃을 일이 없던 사람들이 활짝 웃으며 앞으로 뒤로 빙글빙글 도는 모습이 얼마나 보기 좋던지, 그 얼굴에서 웃음을 뺏으면 큰일이 날 것 같았더라고 했다. 그녀는 그 며칠 동안 댄스스포츠 선생님이 된 것이 얼마나 좋은 선택이었는지 절감했단다. 늙어서도 할 수 있는 일이 있으며 늙어서도 누군가를 즐겁게 해줄 수 있다는 것이 하늘이 준 큰 재능이었다는 것을 깨달았다고 했다. 그분은 말했다.

"할머니들이 할아버지 손을 잡고 춤추면서 얼마나 좋아하시던
지…. 본 적 있어요? 그렇게 활짝 웃으시는 건 아마 그 자식들도 본
적이 없을 걸요?"

이런 이야기를 들으면 늙어서도 무가치한 삶을 보내고 싶지
않다는 열망이 얼마나 강한지 알 수 있다. 그런데 한편으로 우
리는 이제 늙어서도 무언가 가치 있는 것을 생산해야 한다는
강박관념에 사로잡혀 살고 있구나, 하는 생각이 들기도 한다.

한편으로는 씁쓸하지만 한편으로는 기분이 좋아지기도 한
다. 자기만 알고 주변 사람들에게 불평불만만 쏟아놓는 사람은
애초에 이런 생각을 하지도 않기 때문이다. 그리고 혼자 조용
히 유유자적하게 시간을 보내고 싶다고 하는 사람 역시 남을
위한 봉사는 생각하지 않기 때문이다. 역시 젊을 때 에너지가
넘치는 사람이 늙어서도 남을 위해 쓸 에너지가 있는 것이로
구나, 하는 생각을 했다.

그럼에도 우리 모두는 언젠가 그 모든 에너지를 다 쓰고 그
저 누워서 며칠이건 몇 달이건 시간을 보내야 하는 날이 올 게
다. 그때 '열렬히 살아보려고 발버둥쳤지만 결국 이렇게 되었

구나' 하고 절망할 것인지, 아니면 충분히 산 시간을 돌아보며
웃음 지을지는 결국 자신의 몫일 게다.

  '노후를 어떻게 보낼까' 생각하는 것은 지금과 동떨어진 이
야기가 아니다. 현재 내가 꽉 붙들고 아등바등하며 목을 매고
있는 것이 무엇인가, 그것이 얼마만큼 나를 지탱해주고 있으며
언제까지 나를 지탱해줄 것인가, 한 번쯤 생각해볼 문제이다.
지금 내가 만들어가고 있는 삶 전체가 노후까지 그대로 이어
질 수도 있을 테고, 또는 어느 한 부분만 길게 늘여서 이을 수
도 있으리라. 노후는 완전히 동떨어진 다른 세계에서 시작되는
것이 아니까. 지금의 나로부터 시작되는 것이니까. 다만 바라
는 것은, 나의 노후는 언제라도 새로운 것을 시작할 수 있기를
바랄 뿐, 그때의 육신이 허락하는 만큼.

14.   공포에 끌리다

어두컴컴하고 스산한 숲에 바람이 몰아친다. 나무들이 바람에 휘둘리고 괴기스런 소리가 점점 커진다. 거센 바람이 앞쪽에서 불어오면 숨을 쉬기가 어렵다. 게다가 사방팔방에서 휘몰아치며 걸음걸이를 흔들어놓으면 방향감각마저 잃고 정상적인 판단조차 흐려지게 된다.

서서히 조여드는 정체불명의 존재를 느끼고 숨이 막혀서 파르르 넘어가기 직전, 온몸의 땀구멍은 열리고 진땀이 착 배어나오는 순간 등줄기가 서늘해짐과 동시에 모골이 송연해진다. 그럴 때 우리는 부들부들 떨리는 살을 선연히 느낄 수 있다.

왜 인간은 절절하게 위험한 상태가 되어서야 살아 있음을 느끼고 등줄기가 서늘해지는지. 평온한 날들 가운데에서 왜 공포 영화와 괴기 만화를 보고, 오컬트 문화에 빠지며, 타인들이 처한 공포스러운 상황에 관심을 갖는지. 왜 사람들은 공포에 끌리는지.

공포의 한가운데에 있으면 모골이 송연해지고 온몸으로 땀이 스며나오는 그 순간 어둠을 강타하고 내쏘는 강렬한 빛을 보게 되는데, 그 빛이 뿜는 찰나의 황홀한 경험이란 결국 살 떨리는 공포와 무엇보다 나는 안전하다는 자각이 교차하면서 느껴지는 쾌감이라고 한다.

공포에서 그토록 도망치려 하면서도 다시 공포에 탐닉하게 되는 건, 그것을 잊은 채 방심하다가 어느 순간 위험과 맞딱뜨리게 되면 적절히 대응하지 못하고 붕괴될까 봐, 순간순간 공포를 되살리는 학습을 반복하는 것이라고 한다. 현실에서의 지극히 위험한 상황과 맞닥뜨리기 전에 미리 예상해보고 방어하는 학습을 하는 것이다. 현실에서 맞이할 수 있는 공포라 하면 무엇이 있을까. 당연 죽음일 것이다.

나는 악몽을 자주 꾸었고 악몽에 휩싸이면 숨을 쉴 수 없는 가위눌림의 상태에 빠졌다. 아무리 숨을 쉬려고 해도 숨이 쉬어지지 않고 소리도 나오지 않으며 손가락 하나 까딱할 수 없

다. 나는 금방이라도 죽을 것 같은 공포에 시달리며 누군가 도
와주기를 간절히 바라지만 아무도 나를 흔들어 깨워주지 않았
다. 내 곁에는 아무도 없었고 옆에 누군가 자고 있었다 해도 그
사람은 내가 어떤 상태인지 알 수 없기 때문에, 나는 혼자 공포
에 시달려야 했다.

기숙사 생활을 하던 이십 대 때에는 잠자리에 눕기만 하면
가위에 눌렸다. 나는 예민한 편이라 안전한 상태가 아니면 잠을
깊이 이루지 못하는 성격이었다. 세 명이 함께 사용하는 기숙사
방은 아무리 문을 잠그고 잔다 해도 다른 두 사람이 수시로 드
나들었기 때문에 언제나 열려 있는 것이나 마찬가지였다.

교대 근무를 하는 동료들과 함께 방을 쓰다 보니 야간 근무
를 하고 아침에 돌아와 세 시간 정도만 지나면 점심시간이 되
었고, 점심을 먹은 동료가 방에 들어와 잠시 쉬다가 나가곤 해
서 잠이 깨기 일쑤였다. 게다가 한 사람은 발소리와 문 여는 소
리가 어찌나 큰지 나는 멀리서부터 들리는 발소리에 잠이 깼다.
그래서 아예 잠이 드는 게 두려울 정도였다. 게다가 여자들만
있는 기숙사는 가끔 스토커들이 숨어들어서 소란을 피우곤 했
다. 나는 겁이 많은 편이라 기운이 떨어진 채 잠이 들면 항상 검
은 그림자가 방문을 열고 들어오는 것을 보았고, 그만 숨이 턱
막혀버리곤 했다. 체력이 떨어진 때에는 목이 조금만 꺾인 채

잠이 들어도 숨이 막혔다. 목을 움직일 수만 있으면 숨을 쉴 수 있을 것 같은데 목을 가눌 수조차 없을 정도이니 얼마나 기력이 쇠잔했던 건지. 결혼한 뒤로 안전하고 편안하게 잘 수 있는 환경이 되어서 간신히 가위눌림에서 벗어날 수 있었지만, 체력이 심하게 떨어지면 지금도 가끔 숨통이 막히곤 한다. 숨통이 막히는 공포를 그 무엇에 비견할 수 있을까.

예전 소설 속에는 이런 장면이 자주 등장했다.

> "깊은 밤, 건넌방에서는 잠 못 드는 노친네의 기침 소리가 들려왔다. 천식 환자 특유의 가래 끓는 소리와 숨이 차서 간신히 들이쉬고 내쉬는 소리, 그러다가 터지는 마른기침, 한참 동안 숨을 쉬지 못해서 쉭쉭 소리만 들리곤 했다."

외롭고 적막한 겨울밤의 풍경과 함께 혼자서 그 고독을 고스란히 감내하는 노인에 대한 묘사가 이어지곤 했다. 이런 글을 자주 접하고 자란 나는 노인에게 가장 큰 고통은 고독과 천식이라는 막연한 공포가 있었다. 노인의 고독에는 천식이 자연스럽게 따라오곤 했다. 그러다가 병원에서 진짜 천식 환자들을 만났다. 그리고 가장 고통스러운 질병이 천식과 만성폐쇄성 폐질환이라고 생각하게 되었다.

어떤 상황이 가장 공포스러울까, 종종 생각해보았지만 죽음을 떠올리면 가장 먼저 '숨이 막힌다, 목이 졸린다, 숨을 쉴 수 없다'는 말이 연상되었다. 거꾸로도 마찬가지였다. 그러니 숨을 쉴 수 없는 질병이란 얼마나 공포스러울까, 싶은 것이다.

삶과 죽음에 대한 가장 커다란 이미지가 '숨' 아니겠는가. 태어나면 첫 숨을 쉬어야 하고 죽을 때는 마지막 숨을 뱉는 것이니까. 삶과 죽음을 가르는 가장 원초적인 현상이니까.

그래서 폐암이 가장 공포스러울 것 같다. 통증도 심하다고 하지만, 말 그대로 숨을 쉬지 못해 죽는 것이니 숨이 막힐 때마다 얼마나 공포에 질리겠는가. 말기암이라면 마약성 진통제로 아픔은 어느 정도 누를 수 있다지만 숨을 못 쉬는 것은 어떤 방법으로도 해결이 안 되니 말이다.

나는 이십 대에 병원에서 접한 가루약 때문에 알레르기성 비염을 앓기 시작했다. 입원 환자용 약봉지가 약국에서 매일 한아름씩 올라오면 일일이 한 포 한 포에 이름을 쓰고 약 칸에 챙겨 넣어야 하는데 그때 가루먼지가 피어오르는 것에 알러지 반응을 일으켰다. 그러다 보니 먼지에 취약해져서 청소를 열심히 하는 편이다. 늙어 천식을 앓게 되지는 않을까 막연히 걱정하곤 했는데 고양이를 키우기 시작해서 한 1년 정도 지나서부터 아토피가 생기더니, 1년 반쯤 지난 작년 겨울부터 호흡이

순조롭지 못한 일이 가끔 일어났다.

아토피가 생겼을 때 천식도 올 수 있겠다 생각했었다. 몇 년 전에 기관지염을 앓은 뒤부터는 호흡기가 썩 깨끗하지 않았지만 겨울이 되면 새로운 증상이 나타났다. 숨을 들이마실 때 폐가 확장되지 않고 기침이 쏟아지는 것이다. 엄마가 돌아가셨던 겨울에 지나치게 울어대며 찬 공기를 들이마셔서인지 증상이 더 심해졌다. 한의사의 진단으로는 심장에 화가 쌓여 열이 나서 폐를 마르게 했고 그렇게 점차 쪼그라든 폐는 숨을 충분히 들이쉬지 못하기 때문에 숨을 쉬려고 기침을 해서 기관지를 확장시키는 거라고 했다.

겨울이면 천식으로 내내 입원과 퇴원을 반복하던 환자가 있었다. 기관지가 부어올라 기도를 막고 경련을 일으켜서 숨을 거의 쉬지 못했다. 증상을 가라앉히기 위해 수액에 약을 섞어서 계속 맞고 있어도 여간해서 숨 한 번 편히 쉴 수 없었던, 새하얗게 빛나는 은발의 노인이었다. 단 한 시간만이라도 숨을 제대로 쉴 수 있으면 좋으련만 그렇지 못해서 입원해 있는 열흘 가까이 몸을 이리 뒤척이고 저리 뒤척이며 몸부림을 쳤다. 아무리 흉곽을 크게 부풀려 숨을 들이쉬려 해도 한 모금도 들어오지 않는 숨 때문에 절망적으로 고개를 떨구던 모습이 눈에 선하다. 얼굴은 진땀에 젖어 있지만 하도 겪어서인지 이젠 기대할 것도 없다는 듯 체념으로 축 처져 있던, 그 얼굴.

그분의 얼굴은 내가 존경해마지 않던 어떤 소설가 선생님과 비슷했었다. 새하얗게 빛나던 머리카락과 둥글둥글 선하게 생긴 인상과 별로 말이 없을 듯한 입술까지. 실제로 그 환자분은 말이 거의 없었다. 불평도 없었고, 몸부림을 하느라 링거 연결 부분이 빠졌는데도 숨을 헐떡이면서 말없이 그곳을 가리키기만 했다. 말을 하면 더욱 숨이 가빠지기 때문에, 또 말할 기운이 없기도 해서 그랬을 것이다. 그분은 하도 몸부림을 쳐서 수액줄이 자주 빠지곤 했다. 그래서 수시로 확인하러 가봐야 했는데, 한밤중에 병실에 가보면 참 안타까운 모습이 벌어져 있곤 했다.

그분의 보호자인 아들이 퇴근하고 와서 밤을 지내고 갔다. 다른 누군가와 교대를 할 사람이 없는지 혼자서 병상을 지키곤 했는데, 숨을 쉴 수 없는 아버지는 지쳐 쓰러진 아들을 깨우지 못하고 몸을 이리저리 움직이며 숨을 쉬려고 애를 쓰다가 그만 산소공급줄과 수액줄이 엉키고 빠져서 수액이 줄줄 새곤 했다. 환자는 숨을 한 번 들이쉬는 것에 자신의 혼신을 기울이느라 빠진 수액줄을 챙길 겨를도 없었다.

아들 역시 아버지를 돌보기 위해 쏟아지는 졸음을 참고 참다가 결국 쓰러진 게 분명할 만큼, 픽 쓰러진 자세로 곯아떨어져 있었다. 아버지 또한 숨을 제대로 쉬지는 못하지만 이불을 아무렇게나 쌓아 기댄 채 잠에 취해버린 상황이라 병상의 모습은 엉망으로 흐트러져 있었다. 환자를 조금 옮겨서 등을 제대로 받쳐주고 싶었지만 행여 간신히 잠든 것을 깨울까 봐 건드리지도 못하고 처치만 해주고 나오곤 했다. 참, 안타까운 아버지와 아들이었다.

그분은 숨을 쉬기 위해 병원에 입원해서 주사를 맞고 산소를 공급받고 퇴원했다가 열흘 후에 다시 입원하는 일을 반복했었다. 그래도 그분은 어쨌거나 회복되어서 퇴원했다. 봄이 되면 한동안 입원할 일은 줄어들었으니까.

새하얀 은발을 숙이며 잘 지내다 간다고 인사를 건네시면 눈을 한 번도 마주친 적은 없지만 나 역시 "잘 조리하세요"라고 작별인사를 하곤 했다. '몸조리 잘 하셔서 다시는 입원하지 마세요'라고 하고 싶었지만 말이다.

기다리지 않는 죽음

천식은 호전이라도 되지, 만성폐쇄성 폐질환이나 폐암으로 진단받으면 회복의 가능성은 거의 없고 점점 악화되는 일만 남았다고 봐야 한다.

한 번은 완전히 진행된 폐암 환자가 입원해서 검사가 진행되는 도중에 사망한 경우도 보았다. 워낙 오랫동안 호흡기 질환을 앓았고 차츰 증상이 심해졌는데 환자나 가족들은 흔한 해소천식 같은 게 악화되었거니 생각하고 이런저런 검사를 하는 중이었다. 시골에서 혼자 농사지으며 숨이 턱에 닿아도 담배를 피우던 분이었고, 담배를 많이 피우는 사람들은 그렇게 기침을 오래 하다가 점차 숨을 쉬기 어려워하면서 돌아가시곤 해서 그러려니 했던 모양이었다.

막 입원해서 심전도 검사며 폐활량 검사를 마치고 돌아온 아들이 휠체어에서 아버지를 일으키려는데, 그 사이 아버지의 머리가 옆으로 꺾여 있었고, 아버지는 턱을 완전히 벌린 채 숨이 멎어 있었다. 검사실을 다녀온 환자를 체크하려고 병실에 들어서다가 나는 아들이 아버지 옆에 무릎을 털썩 꿇는 것을 보았다. 고개를 푹 꺾은 그에게서 신음 소리가 새어 나왔다. 그리고 숨을 꾹 누르고 뱉은 한마디. "아버지!"

그 한마디에 무심했던 자신을 책망하는 목소리가 다 들어 있었다. 다 늦어 병원에 와서야 폐암일지도 모르니 검사를 해봐야 한다는 말을 들었고, 그동안 아버지로부터 병원 한번 가보자는 말을 들어본 적도 없어서 노인네들은 으레 저렇게 숨이 거친 것이려니, 했던 무심함. 아무도 찾아오지 않는, 몇 떼기 안 되는 논과 밭에서 하루 종일 입 한 번 열 일 없이 일을 하고, 밤이 오면 마루 끝에 앉아 담배를 깊이 빨아들이며 별을 바라보다가 기침이 쏟아지면 느릿느릿 몸을 일으켜 방으로 들어가 오래된 이불을 덮고 잠이 들었을 아버지.

어린 시절에 아버지의 고물차를 타고 병원에 갈 때면 아픈 것조차 기분이 좋았고 병원에 들어서면 아버지는 언제나 어린 그의 든든한 보호자였다. 그런데 다 늦어 병원에 모시고 온 아버지에게는 이제 그가 보호자였다. 외래 진료실에서부터 수없이 '○○ 씨 보호자분이요' 하고 불리면서 그는 가슴이 패이는 아픔을 느꼈다.

"내가 아버지 보호자라니. 이제 내가 아버지의 보호자가 되었구나. 왜 이런 일이 생기리라고 전혀 짐작하지 못했을까. 왜 아직 아버지는 끄떡없을 거라고 생각했을까. 그동안 얼마나 고통스러우셨을까. 폐암이었는데 왜 그렇게 혼자 그 고통을 견디셨을까."

그런 회한이 그를 휩싸고 있었다. 그는 아버지 앞에서 무릎을 꿇고 고개를 숙인 채 한참을 일어나지 않았다. 아버지의 무릎을 부여잡은 그의 손이 점점 떨려오더니 마침내 어깨를 들썩이며 울음을 쏟았다.

자식들을 다 떠나보내고 혼자 보냈을 숱한 세월을 그가 어찌 헤아릴 수 있을까. 별말을 나누지도 않을 테지만 아버지와 함께 보낼 명절이 아직은 몇 번 더 남은 줄 알았고, 홍삼이라도 사 가지고 내려갈 아버지의 생신이 몇 번 더 남아 있을 거라고 생각했고, 추운 겨울 저녁에 어쩌다 전화 한번 해서 비닐하우스는 멀쩡한지 묻고 "아버지, 담배 그만 피우시고 집에 불 따뜻이 넣고 주무세요"라고 할 날이 더 남아 있을 줄 알았다.

그런데 오랜 세월 그의 보호자였던 아버지는, 아들이 보호자가 되어 보냈어야 할 시간을 불과 며칠밖에 주지 않고 떠나버렸다. 그 간극이 찰나에 불과했다는 것, 그가 그토록 무심한 자식이었다는 것이 그는 고통스러웠다. 바쁘게 돌아가는 서울살이에, 하루라도 빨리 자리를 잡아야 한다는 조급함에, 내가 만든 내 식솔들을 챙기는 것이 중요하다는 주변머리에, 그는 아버지의 거친 숨으로 먹고 자라고 교육 받았다는 것을 잊어버렸다.

그는 혼자 있고 싶었을 것이다. 나는 담당 의사를 부르러 나갔다. 얼마 되지 않는 시간이지만 두 사람은 이별할 시간이 필요할 것 같았다. 이런 경우, 뭐가 더 좋은지 모르겠다. 바삐 일을 처리하게 해서 슬픔에 잠기는 시간을 뒤로 미루게 하는 것과 이미 숨은 끊어졌지만 아직 이별 의식을 치르지 못한 두 사람에게 잠시라도 그들만의 시간을 주는 것. 나라면 단연 두 번째를 택하고 싶다. 내가 해야 하는 일이니만큼 곧바로 의사를 부르기는 했지만 사망선고를 하고 차트를 정리하고 천천히 영안실로 옮기도록 했다. 혈육의 손을 잡고 몇 가지 추억 정도는 돌이킬 시간을 줘야 하지 않을까.

죽음을 앞둔 사람의 마지막 말

숨통이 막히는 것을 숨 쉴 때마다 겪는다는 것은, 숨 쉴 때마다 죽음의 공포에 시달린다는 것이다. 나는 가위눌림을 통해서라지만 숨통이 막히는 공포를 겪어봤기 때문에 악성 호흡기질환 환자들을 보면서 그 공포를 고스란히 느낄 수 있었다. 보이지 않는 손이 목을 조르는 순간순간을 살아야 한다니, 얼마나 공포스러울까.

많지는 않지만 그동안 몇 가지 대조적인 죽음을 지켜보았다. 살아 있는 동안에 세간의 이목을 집중시켰던 사람은 죽어갈 때 그 입술에서 나올 말을 고대하는 사람들에게 둘러싸인다. 그런가 하면 이름 없이 소박하게 살아온 필부는 자기 가족 안에서 조용히 죽음을 맞이한다. 고통스럽고 공포스러운 마지막을 여러 사람에게 노출시키지 않는 편이 좋은지도 모르겠다.

주변 사람들로부터 상당한 존경을 받던, 정신적인 스승이라 불리던 사람도 결국 죽음을 맞이한다. 조용히 가족과 마지막 시간을 보내면 좋으련만, 평소 누렸던 관심의 대가일까. 얼마

남지 않은 며칠조차 사람들의 방문을 받곤 한다.

노인들은 죽음으로 가게 하는 병인이 무엇이든 간에 대부분 마지막에는 합병증으로 폐렴에 걸리기 쉽다. 직접적인 원인으로 폐렴이 급박하게 진행되면 허약한 노인과 어린이는 하루 이틀 사이에 악화되어 운명하는 경우가 많다. 물론 이 정도 위급한 상황에는 모든 방문이 금지되고 중환자실로 옮겨가게 된다.

그러나 어떤 위대한 스승들의 경우는 병석에 누워서조차 시국에 관한 한 말씀을 해야 한다. 그 말을 듣고자 하는 사람들에게는 병석에 누워 있을 때 그 사람의 입에서 나오는 말과 행동으로 그 사람의 진가를 확인하고자 하는 잔인한 욕망이 있다. 위대한 스승이 돌아가실 거라는 말을 들은 사람들은 마지막까지 그의 육성을 듣고자 하는 마음이 그 죽음이 안타까워서 라고 말하지만 아, 위선을 스스로 깨닫지 못하는 사람들이 얼마나 많은가. 죽어가는 사람들을 제발 자기 자신의 안위에만 몰두하도록 내버려두었으면 한다. 자기 자신만을 위해 얼마 안 되는 이 이기적인 시간을 갖도록 해주기를 바란다.

또한 위대한 사람들은 자신의 죽음 앞에서 초연해져야 하며, 또 그래야만 진정 위대한 사람이 된다는 환상을 갖지 말기를 바란다. 어느 누가 자신의 죽음에 초연할 수 있단 말인가. 미리 정신을 놓지 않고서야.

죽음 앞의 인간에게 그동안 그가 견지해온 신념이며 의무를 기대한다는 것은 종종 부질없는 일이 되곤 한다. 남아 있는 사람들은 평생 신념을 지키며 살아온 사람에게 마지막 의무를 다해줄 것을 은근히 강요한다. 그런데 많은 사람들이 그 기대를 저버리고 치부를 모두 드러내놓고 죽음을 맞이한다. 죽음을 겪고 있는 사람 곁에서 산 자의 소망은 대부분 무참히 꺾이고 만다.

왜 대부분의 인간이 마지막 의무를 다해줄 것을 강요받는데도 그 기대에 부응하지 못하는 것일까. 대부분의 장삼이사들이야 그렇다고 해도 사회적으로 공경을 받고, 심지어 정신적인 스승으로 존경받는 사람조차 왜 그렇게 하지 못하는가. 하다못해 유언을 하거나, 유산을 정리해서 분배하거나, 부질없이 목숨만 연장하지 말아달라거나, 아니면 나는 살고 싶으니 최선을 다해달라거나, 하는 말조차 하지 못하는 경우가 많다. 그뿐인가, 옆에서 병시중하는 사람에게 온갖 화를 다 내고, 어떻게도 해줄 수 없는 것을 탓하고, 이해할 수 없는 말들로 사람 속을 긁어놓고, 결코 해결해줄 수 없는 것을 해달라며 고집을 부리기도 한다.

죽음 앞에서 인간은 너나 할 것 없이 자기 삶의 가장 취약했던 부분을 가장 적나라하게 드러내곤 한다. 그리고 대부분의 산 자들은 그 모습을 최대한 외면하고 싶어 한다. 죽어가는 사람의 변화에 대해 직접 본 것을 말하려 하지 않는다. 모두들 마치 자기 혼자 본 것처럼 비밀을 지키려 한다. 그들은 혼자 갈등하고 혼자 생각한다. 마치 자기 자신의 치부를 적나라하게 대면하는 것 같아서 자기 안에 숨은 가장 취약한 부분이 무엇일까 되돌아보는 것이다.

죽음으로 자기 삶의 궁극적 목적을 이루려는 자가 아니라면, 그러니까 "나는 나의 신념을 위하여 죽음을 선택했다"라고 말하려는 자가 아닌 대부분의 사람들에게 죽음은 한 인간이 가장 나약할 때 맞이하는 일이다. 그렇게 때문에 그 누구도 미처 준비할 수 없는 게 아닐까.

죽음 앞에서 가장 나약해지며 가장 수치스러운 모습을 보이는 게 대부분의 인간이며 그런 인간을 사람들은 더욱 사랑한다는 것, 더욱 애틋이 여기게 된다는 것은 내 죽음도 그다지 위대하지는 못할 것이며, 바로 그와 같은 과정이 내 죽음에 대한 퇴로를 열어두는 과정이 된다는 것을 자각하기 때문이 아닐까.

"나는 이렇게 살다 가고 싶어"라고 누누이 말하던 사람조차 누군가의 죽음을 겪고 나면 유독 자기의 죽음에 대해 말을 아끼는 것을 자주 본다. 위대한 스승도 위대하게 죽지 못했는데 나 같은 필부야 내 욕심을 부리며 죽는 게 당연하겠지, 라고 우리 자신의 죽음에 대해 여지를 두는 걸 게다.

15.　　　　　별을 가리킬
　　　　　　손가락이 없어요

얼마 전에 한 친구가 욕실에서 미끄러져 손가락이 꺾이는 바람에 원고 마감을 앞두고 석고붕대를 해야 했다. 자판을 두드려 작업하는 우리에게 손가락을 자유롭게 움직이지 못한다는 것은 큰일이 아닐 수 없다. 더구나 오른손을 다치게 되면 그 불편은 이루 말할 수 없게 된다. 그 친구는 구술을 해서라도 원고를 써야 하나 마감을 미뤄야 하나 걱정을 했다. 내가 구술한 것을 남에게 작성하게 하고 그것을 검토하고 다시 수정하도록 하는 일은 한 문장을 가지고도 여러 번 고치고 바꿔보는 우리에게 상당히 불편한 과정이다.

자판을 두드리는 일은 미묘한 즐거움을 주기도 한다. 특히 스페이스 키나 엔터 키를 누를 때는 마치 피아니스트가 화려한 연주를 하고 마지막 건반을 쿵 하고 누르는 것처럼 과장되게 탄력을 넣곤 한다. 마감 기한이 있는 원고를 미룰 수도, 그렇다고 안 쓴다고 말 할 수도 없어서 어쩌면 좋을지 발을 동동 구르는 친구를 생각하니 자꾸만 손을 의식하게 되었다.

우리 몸에서 제일 일을 많이 하는 것은 다름 아닌 손이다. 손은 얼굴만큼이나 표정이 풍부하고 그 사람의 삶을 디테일하게 반영한다.

손에 대해 글을 쓰면서 유난히 내 손이 움직이는 모습과 내 손이 닿는 모든 사물과 공간을 유심히 바라보았다. 나의 하루는 내 집을 구석구석 청소하는 것으로부터 시작된다. 내 손이 닿는 곳은 앞 베란다 양쪽 끝에서부터 뒤 베란다 양쪽 끝까지이다. 식사 준비를 하게 되면 내 손은 냉장고 저 깊은 곳에서부터 싱크대 서랍 속까지 닿게 된다. 그리고 서서히 손의 움직임이 잦아들어 내 손이 최소한의 공간에서만 움직이는 시간은 커피를 내리면서부터 시작된다.

신선한 원두를 그라인더에 넣고 간다. 원두가 부서지면서 향이 피어오르기 시작한다. 종이 필터에 커피 가루를 담고 주전자의 가느다란 대롱을 통해 뜨거운 물을 가늘게 부으면 농밀하게 번지는 커피 향기가 우선 내 몸을 휘감는다.

커피를 내린다는 것은 나만의 시간이 시작된다는 것을 암시한
다. 밥을 하고 청소를 하는 일상적 공간이 나를 위한 특별한 공
간으로 탈바꿈하는 것이다. 나는 훌쩍 다른 세상으로 건너간다.

커피를 내려서 포트에 가득 담아 내 책상으로 가져오면 내 손
은 이제 자판 위에 머물게 된다. 나는 이 손으로 많은 사람들의
손을 잡았고 이 손으로 수많은 사람들의 이야기를 써왔다. 내 손
은 이제부터 내가 잡았던 손들에 대한 이야기를 시작하려 한다.

소년들의 아픔

나는 직업의 특성상 비극을 많이 봐왔다. 자기가 겪는 비극이
그 누구의 비극보다 더 크겠지만, 그럼에도 불구하고 역시 비
극의 크기는 비교될 수 있다고 생각한다. 남편이나 아내의 사
랑을 받지 못하는 것보다 어린 자식을 잃는 것이 훨씬 큰 고통
이기 때문이다.

감수성이 풍부했던 이십 대에 수많은 슬픔과 기쁨에 깊숙이
개입했기 때문일까. 나는 인간이기에 겪어야 하는 비극들을 남
의 일이라고 무신경하게 보아 넘길 수가 없었다. 그래서 그런
것만은 아니겠지만 나 역시 인간에 대한 기본적인 인식은 비
극에 가깝다. 하지만 삶의 비극성에 대해 깊이 인식하고 있다

보니 웬만한 것에는 그러려니 하는 면이 있다. 그래서 일상에서 빚어지는 사소한 문제들에 대해서는 입에 올리는 것조차 귀찮아하는 편이다. 입에 올려 호소할 수 있는 이야깃거리에 비하면 차마 입에 올릴 수도 없을 만큼 큰 고통을 겪는 사람들이 있기 때문이고, 나는 그쪽과 교감하는 사람이기 때문이다.

백혈병을 앓던 어린 소년이 있었다. 오랜 시간이 지났어도 그 아이의 얼굴이 잊히지 않는다. 그 아이의 집은 경제적인 상황이 좋지 않았고 엄마는 돈을 벌기 위해 소년을 혼자 두고 일을 하러 가야 했다. 그 병실의 다른 환자나 보호자들이 급할 때 의료진을 불러준다거나 돌봐주기는 했지만, 그 병실은 일반인들이 있는 병실이어서 군인들만 있는 병실만큼 적극적으로 돌봐주지는 않았다. 어린 소년은 치료약의 부작용으로 얼굴과 목이 부어올라 몹시 커져 있었다. 머리가 무거워서 자세를 바꾸는 것조차 힘들어 누군가가 머리를 잘 받쳐 들고 도와주어야 했다. 새하얗게 부어오른 얼굴은 순하디 순해서 한번 찡그리는 일도 없었다.

그 소년은 자신이 왜 이런 병을 앓는지 알 수 없었을 것이다. 한 번도 떼를 쓴 적이 없었고, 뭐라고 원망해본 적도 없었다. 물론 떼를 쓸 힘도 없었을 테고, 떼를 쓸 엄마도 자리에 없었다. 그것이 몹시 가슴 아팠다. 아직 어린 그 아이가 자기 형편을 너무 잘 알고 있는 것 같았다. 엄마는 파출부를 하며 입원비를 벌어야 해서 병실에 다녀갈 때마다 우리에게 아들을 잘 부탁한다며 손을 잡고 머리를 조아리곤 했다.

우리는 그 아이가 걱정되어서 수시로 가보았고 청소일을 하는 아주머니들도 시간 날 때마다 아이를 돌봐주곤 했다. 오래전 일이라 지금의 병원 환경과는 차이가 많을 테지만, 그 당시엔 청소를 용역 업체에 맡기지 않아서 병동 담당 청소부도 정식 직원으로 상주했으며 대우도 좋았다. 직원 상호 간에 관계도 좋아서 스스럼없이 서로를 도와주곤 했다. 아주머니 한 분은 그 또래의 아들을 혼자 키우는 입장이어서인지 유독 마음을 쓰곤 했다.

아이에게는 희망을 이야기해줄 사람이 없었다. 아이에게는 그 또래의 아이들이 좋아하는 놀이로 아픔을 덜어줄 사람이 없었다. 좀 어떠니? 많이 아프지는 않니? 하고 물어도 다 큰 사람처럼, 다 알고 있다는 표정으로 쓸쓸히 입을 떼려다 마는 아이였다.

그 아이가 아무것도 알지 못하는 상태로 삶의 잔인함을 받아들이는 대신 나는 분노했다. 그 아이를 보고 나오면, 물론 대상은 딱히 없었지만, 괜히 그렇게 화가 났다. 아이가 치료를 충분히 받을 수 있다면, 엄마와 함께 남은 시간을 보낼 수 있었다면, 화가 좀 덜 났을까. 앓는 아이를 혼자 두고 죄인이 된 채 일을 하러 가야 했던 엄마는, 누군가를 원망했을까.

다른 소년이 있었다. 소년이라기엔 좀더 자랐지만 내게는 소년이었다. 공장에서 일을 하다가 엄지와 검지가 잘려나갔다. 소년은 열일곱 살. 하지만 열서너 살로밖에 보이지 않던 소년. 아직 보호를 받아야 할 나이였지만 그는 노동 제한 연령조차 지켜지지 않는 곳에서 일을 해야 했다. 소년은 울고 또 울었다. 손이 회복되려면 항상 위로 치켜들고 있어야 했다. 치켜든 손은 언제나 소년의 눈앞에 있을 수밖에 없었고 소년은 손을 보지 않으려고 머리를 돌리고 있어야 했다. 소년의 눈에서 눈물이 쉴 새 없이 흘렀다. 차라리 발가락이었다면 눈에서 멀기나 하지.

의사들도 우리도 소년을 무척이나 안타까워했다. 소년이 손가락을 보고 싶어 하지 않는 만큼 손가락은 굳어갔다. 재활치료를 위해서는 남은 손가락을 봐야만 하고, 다른 손으로 잡고 억지로 굽혀야 했고, 다음에는 스스로 굽혀야 했다. 사람의 몸은 정말이지 순식간에 황폐해질 수 있어서 조금만 관절을 쓰지 않아도 급속도로 퇴화된다. 그래서 재활하는 데는 그보다 훨씬 긴 시간을 써야 한다. 움직이지 않는 손은 차디차게 식어 있어서 주물러주려고 만져보면 마치 쇠막대기처럼 서늘하고 뻣뻣했다. 우선 온기라도 돌게 하려고 두 손으로 비벼주었다가 좀 따뜻해지면 구부릴 수 있도록 도와주어야 했다.

의사들은 소년의 손을 따뜻이 움켜잡고 아프지만 억지로라도 구부려야 한다고 달래고 또 달랬다. 소년은 손가락을 구부리기 위해 그 손가락을 잡아야 했고, 아파서 울었고, 아무리 뚫어져라 바라봐도 보이지 않는 손가락 때문에 또 울었다. 소년은 차츰 세 개 남은 손가락을 바라볼 수 있게 되었고, 혼자 힘으로 남은 손가락들을 움직일 수 있게 되었다. 그러나 그 소년이 가야 할 곳은 어디일까. 엄지와 검지가 없어도 일을 할 수 있는 곳은 어디일까. 재활치료를 잘하면 남은 손가락으로도 기계를 숙련되게 다룰 수 있겠지. 그리고 언젠가는 열일곱 살 때 겪은 상실감을 간간이 기억할 뿐, 크게 아파하지 않을지도 모르지.

하지만 그 소년은 다른 삶을 꿈꾸지 못할지도 모르지. 손가락이 없어서가 아니라 별을 가리키지 못할 테니까. 아니, 그 소년도 다른 삶을 꿈꿀 수 있게 될지도 모르지. 저기 별이 있다고, 옆에서 대신 손가락으로 가리켜줄 사람이 있다면.

공장 사장이 퇴원 수속을 하고 아직도 눈물을 쏟는 소년의 등을 도닥거리며 병원을 나섰다. 소년의 옹송그린 등에 내리는 햇살이 더 따스하기를 바라는 것밖에 아무것도 해줄 것이 없었다.

병원 안의 장애, 병원 밖의 장애

얼마 전에 친구의 남편이 크게 다쳐서 입원하는 일이 있었다. 교통사고를 크게 당해서 온몸을 꼼짝 못 하는 환자가 한 달 간격으로 병원을 옮겨야 했다. 이른바 '나이롱 교통사고' 환자들이 입원 환자로 이름만 올려놓고 몇 달 동안 보험료를 타내는 수법을 차단하기 위해 강화된 법 때문이었다.

이 법에 따르면 한 병원에 한 달 이상 입원할 수 없으며 새로 입원할 때마다 입원치료가 필요한지 검사와 진료를 받아야 하는데, 보험 심사와 감사 시스템이 허술해서 애먼 사람만 잡는다는 생각이 들어 화가 났다. 두 개의 병원을 한 달 간격으로 앰뷸런스에 의지해 번갈아가며 입퇴원을 반복해야 한다니, 실제로 심각한 장애를 입은 사람을 고통받게 만든 법이 아닌가. 친구와 남편은 그렇게 입퇴원을 반복하며 재수술을 받고 물리치료를 받으며 지쳐갔다.

문병을 갔던 어느 날, 친구는 말했다. "우리 사회가 장애인에 대해 어떤 시각을 갖고 있는지 확실히 알게 되었어. 장애인은 사람 취급을 하지 않고 물건이나 짐짝 취급을 한다는 것도."

그동안 무심하게 보아 넘기던 장애인의 설움이 남의 일이 아님을 깨달았다는 것이다. 하지만 그는 병원에서 충분히 치료를 받고 회복되어서 병원을 나설 테고, 병원을 나서면 장애인이 아닌 평범한 사람으로서 살아갈 것이다. 그러나 진짜 장애인으로 살아가야 하는 사람들은 병원문을 나서는 순간부터 수많은 계단과 턱을 만나야 한다.

병원이라는 환경은 어쩌면 육체적 고통을 겪는 한 사람 한 사람에게 무심한 공간이 될 수도 있다. 하지만 과거에는 병원에 있었던, 지금은 병원 밖에 있는 사람으로서, 어쩌면 병원에 있는 이들이 그 누구보다 질병과 장애에 편견이 없으며 가장 적극적으로 접근하는 사람들인 것만은 분명하다고 말할 수 있다.

장애를 입은 사람은 적어도 병원 안에서는 특별한 사람이 되지 않는다. 누구도 구태여 눈여겨보지 않을 뿐더러 오가는 데 가장 불편함이 없는 공간이기도 하다. 좋든 싫든 이제 현대인들은 병원을 접하지 않고는 살아갈 수 없게 되었다. 병원에서 태어나 누군가의 병문안을 가고 거꾸로 내가 병문안을 받으며 문상을 가고 결국 내가 문상을 받는, 그 과정에서 이제 벗어날 수 있는 사람은 거의 없다. 그렇다면 이제 무엇보다 온 국민이 평생 한 번 이상 방문하는 병원에 대한 거부감을 줄일 수 있는 방법을 생각해보아야 한다. 나는 병원에서 오랜 세월을 지냈고 가족들의 병원 출입도 잦은 편이라 그곳에 가면 다른 사람에 비해 편안함을 느낀다. 그래서 다른 사람들도 병원을 편안하게 여길 방법은 없을까, 하는 생각이 들었다.

다행히 요즘은 병원들도 소비자의 요구를 중요하게 여기고 개선을 해서인지 비교적 친절하고 요구도 즉각적으로 수용하는 편이다. 그런데 내가 느끼기에는 세련된 친절함은 있지만 환자에 대한 깊은 애정은 없는 것 같다. 물론 직업인에게 개인적인 애정을 바라는 것은 아무래도 과도한 요구가 될 수 있겠다. 친절하고 세련된 것만 해도 어디냐, 싶기도 하다. 과거에는 환자에 대한 애정은 고사하고 기본적인 인권조차 지켜지지 않았으니까 말이다. 특히 노인을 향한 의료진의 반말은 어떤 경우를 가정하고라도 기분 상하는 일이었다. 지금은 그런 일이 없어 다른 불편함은 눈감아주고 싶어질 정도이다.

가끔 입원한 가족들을 돌보러 병원에 가면 가만히 옛 기억을 돌이켜본다.

지금도 자신이 돌보던 환자들을 특별한 사람으로 기억하는 사람들이 있을까? 나는 왜 이렇게 아픈 사람들의 삶에 관심을 갖게 되었을까. 왜 나와 피를 나누지도 않았으며, 친한 친구도 아닌, 퇴근을 하거나 일을 그만두면 다시 보지도 않을 사람들을 가슴 한 켠에 남겨두고 있는 것일까.

이들의 삶을 통해 나는 세상살이의 만만치 않음을 미리 겪었고, 이들을 통해 급격히 무너지는 육체를 목도했기 때문인지도 모르겠다. 육체의 고통은 누가 뭐래도 명백하다. 고통의 끝은 삶의 상실이고 그것은 존재에게 유일한 불가역이며 가장 불행한 일이기 때문이다. 생명체에게 생존은 단 하나의 목적이고 생존을 향한 추구는 생명체에게 있어서 가장 숭고한 일이라 할 수 있을 것이다.

나는 안락한 삶을 살아오지 못했고 십여 년 동안 삶과 죽음이 교차하는 병원에서 매일 삶과 죽음을 겪었다. 치열한 사랑을 했고, 숱한 기대와 좌절을 겪었으며 어느 시기 동안 삶이란 게 얼마나 무서운 것인지 모골이 송연하도록 겪으며 살았다. 누구에게도 내 삶의 공포와 두려움을 말할 수 없었기에 고통받는 사람들의 다양한 모습에 더욱 관심을 갖게 되었는지도 모르겠다. 이런 삶이 내게 끊임없이 글을 쓰도록 했고 그래서 아직도 내게는 써야 할 글이 많이 남아 있다. 바로 이 점이 역설적으로 큰 힘이 되고 위안이 된다는 것을 깨달았다.

나는 이제 아무리 별이 빛나는 밤일지라도 별을 가리키며 호들갑을 떨지는 않는다. 대신 별을 가리키는 손가락과 또 별을 가리키지 못해 슬픈 사람에 대해 글을 쓴다. 그런 글을 쓰는 나는 일상에서의 사소한 불편과 불평을 입 밖에 내는 것이 죄스럽다.

16.　　　　ICE BOX의 꿈:
　　　　　뉴욕으로 간 남자,
　　서울로 온 필리핀 여자

열렬히 꿈을 좇으면 언젠가는 냉장고를 열었을 때 붉은 꽃이
한 아름 펑! 하고 피어날지도 모른다. 안 될 것이라고? 그렇게
미리 단정 짓지는 말자.

　얼마 전 '뇌의 열광'에 대한 책을 소개하는 글을 읽은 적이
있다. 독일의 뇌과학자 게랄트 휘터가 쓴 『우리는 무엇이 될
수 있는가』에 의하면, 뇌는 스스로 열광하는 대상을 찾아 진화
한다는 것이다. 그 문장을 읽는 순간 아! 하며 무릎을 쳤다.

　십만 년 동안 인간의 DNA는 전혀 진화가 없었지만 뇌는 비
약적인 발전을 하며 인류의 문명을 발전시켰다. 뇌과학자들은

인간의 뇌는 '환경'이라는 외적동기와 '열광'이라는 내적동기를 통해 성장한다고 말한다. 어린 시절, 하루에도 수십 번씩 우리 뇌가 느꼈던 감동과 희열을 돌이켜보면 금세 수긍할 수 있을 것이다. 어린아이들의 뇌는 하루 20~50번쯤 열광의 도가니에 빠져든다는 것이다. 열광은 그 대상에 대해 몰입에 몰입을 거듭하게 한다. 어린아이들이 놀이에 빠져들어 그 속에서 무언가를 찾아내는 것을 보면 잘 알 수 있다.

인간 뇌의 특징은 그 열광의 대상을 좇아 무한히 <u>스스로를</u> 개발한다는 점이다. 끊임없이 낯설게 느끼고, 끝없이 발견하고, 간절하게 열망하고, 새롭게 연대하는 것에 의해 우리의 영혼을 뒤흔드는 체험을 할 수 있고, 그런 체험을 통해서 우리는 유년의 뇌를 깨우게 된다. 그리하여 한 인간은 짧은 생애 동안에 굉장한 업적을 남길 수 있을 만큼의 진화를 한다. 그러나 열광하기를 멈춘 뇌는 성장하지 못하고 적당히 단순한 기능만 처리해내는 기계 부품에 불과하여 큰 기쁨을 느끼지 못하고 적당히 살아가게 된다.

사람들은 타고난 재능에 대해 말들을 한다. 그러나 그 재능이 열정을 만나지 않으면 그저 그만그만한 능력에 불과한 상태가 되어버린다. 어려서는 이런저런 점에 재능을 보였던 사람들이 그 재능을 쓸모 있는 것으로 만들지 못하는 경우를 허다하게 볼 수 있다. 하지만 그다지 크지 않았던 재능일지라도 열정을 만나면 곁눈질을 하지 않고 계속적으로 연마할 수 있는 시간을 갖게 되고, 결과적으로 그 재능을 키워 마침내 꽃피우고야 만다. 열정과 열광은 그 단어에서 느껴지는 것처럼 희열을 동반한다. 뇌는 희열을 주는 대상을 향해 열렬히 반응하면서 활성화된다. 그래서 새로운 단계로 나아가고 또 새로운 희열을 느끼게 되는 것이다.

내가 가장 부러워하는 사람은 외국에 나가서 사는 사람들과 환경운동을 하며 세계를 떠도는 사람들이다. 한창 나이 때는 프랑스로 공부하러 떠나는 사람들이 부러웠다. 우리나라는 특히 프랑스 문학의 영향을 많이 받았기 때문에 문학 하는 사람들 중에는 불문학을 공부하는 사람들이 유난히 많았고, 그들이 묻혀온 프랑스의 문화와 소설을 읽으며 밤을 새우곤 했다. 또 고래가 육지에 떠밀려와 좌초했다는 소식이 들리면 세계 어느 곳이라도 단숨에 날아가서 배를 띄우는 사람들을 따라 짙푸른 바다로 나가고 싶었다. 그들은 좌초한 고래를 찾아다니느라 심심할 겨를이 없을 것 같다. 〈고래와 창녀The Whore And The Whale〉라는 영화를 보면서 나쁜 남자를 따라 머나 먼 세상 끝 파타고니아로 날아가는 자유로운 영혼의 여자에게 내 영혼을 겹쳐놓곤 했다. 나의 몸은 골방에 앉아 한 발짝도 밖으로 나가지 못했지만 내 영혼만큼은 골방으로 밀려 들어온 세상의 모든 책들 속에서 자유롭게 유영했던 날들이었다.

뇌가 가장 활짝 열린 상태가 되는 것은 낯선 것에 대해 무한한 호기심을 느낄 때라고 한다. 어느 분야에 무한한 열정을 지닌 사람은 한 분야에 몰입해서도 계속해서 새로움을 발견하고 낯설게 느끼며 호기심도 끊이지 않아서 뇌는 항상 활기차게 움직이는 것이다. 낯선 땅에 발을 내디딘 사람들의 뇌도 아마 그렇게 활짝 열려서 어린아이의 눈처럼 반짝거리고 있을 테다. 공부를 하기 위해, 직장을 잡기 위해, 아예 삶의 터전을 옮기기 위해 타국으로 떠나 낯선 땅에 짐을 내려놓는 사람들은 얼마나 용감한지 모르겠다.

내 친구의 아버지는 은퇴를 한 뒤 뉴욕에 여행을 갔다가 그곳에 눌러앉으셨다. 그분은 출판업을 하던 젊은 시절 가끔 미국으로 출장을 갈 때마다 '은퇴하면 여기에 와서 살아야지' 생각하셨단다. 그곳이 세상 어느 곳보다 자신과 잘 맞았고, 그런 곳이라면 노년이 행복할 것 같다는 게 이민의 이유였다. 대체로 나이 들어서 연고를 옮기는 것이 어렵다고 하는 것을 보면 아주 특별한 경우였을 것이다. 더구나 뉴욕은.

그는 어려웠던 시절에 부모님을 대신하여 동생들을 가르치고 자녀들을 키웠다. 동생들은 형의 뒷바라지를 입고 자리를 잡았고 자녀들도 장성했다. 이젠 누구도 그를 붙잡아둘 수 없었다. 그는 크게 갈등하지 않고 혼자서 훌쩍 뉴욕으로 옮겨갔다. 평소에도 "은퇴 뒤에는 나만의 삶을 찾아서 살 테니 너희들은 너희들의 삶을 확실하게 꾸려라"라고 입버릇처럼 말했었고 자녀들도 올 것이 왔구나, 하며 아버지의 떠남을 자연스럽게 받아들였다. 보통 사람들이 젊은 시절 한 때 꿔보는 꿈뿐이었을 것을 그는 망설임 없이 실천한 것이다.

그는 미국에 가서도 사업을 잘해서 뉴욕의 소호 거리에 4층짜리 건물을 샀고 그곳에 둥지를 틀었다. 외국인들이 많은 곳이라 전통적인 마을보다는 정착하기가 쉬웠다고 한다. 그의 건물에 세든 이웃은 그 거리에서 수십 년을 살아온 사람들과 수시로 드나드는 사람들이 섞여 있었다. 여행 온 사람들이 한두 달 둥지를 틀었다가 훌쩍 떠나거나 일거리에 따라 사는 곳을 옮겨다니는 젊은이들이 잠시 머물다 떠나곤 해서 얼굴을 익힐 겨를도 없었다.

그 역시 사업을 하는 시간을 빼고는 수시로 미국 전역을 여행했다. 사업은 서울에서보다 오히려 더 잘되었다. 그의 뇌는 젊었을 때 못지않게 활활 타올랐고, 그는 노년에 낯선 곳에서 사업을 시작한 사람 같지 않게 기민하게 움직였다.

아는 사람의 아는 사람만 되면 미국의 어디에 살고 있든지 간에 적극적으로 연락해서 훌쩍 비행기에 올라타 날아가곤 했다. 넓디넓은 미국땅에 사는 한국 사람들은 대체로 친지와 떨어져 외롭게 살다 보니 누군가 찾아오면 직접 알지 못하는 사람임에도 마냥 반가워서 2, 3일 그 집에 머물게 하면서 충분히 주변을 돌아보게 해준다고 한다. 그렇게 홀로 서부의 사막을 돌아다녔고, 산맥을 걸었으며, 시애틀의 높은 호텔에서 밤의 도시를 내려다보았고, 워싱턴의 거리거리를 걸어다녔고, 플로리다의 해변에서 짱짱한 햇볕을 쏘였다. 그의 노년은 북미 대륙을 여행하는 것으로 시간이 모자랄 만큼 가득 채워졌다.

그의 딸인 내 친구가 -편의상 경미라고 하자- 어느 날 아버지의 여행에 동반했다. 아버지는 한국에서 겪었던 아버지와는 사뭇 달랐다. 아버지는 셋씩이나 되는 동생들을 가르치고 자식들을 키우느라 항상 일에 파묻혀 엄격하게 살았고, 자식들은 아버지의 웃는 얼굴을 거의 본 적이 없었다. 그런데 미국에서 살아가는 아버지는 달랐다. 모든 의무에서 벗어나 자유롭고 행복해 보였다. 차를 몰고 서부의 황량한 고속도로를 달리다가 주유소를 만나 기름을 넣을 때도 얼굴에 부드러운 미소를 띠고 주유를 하며 값을 치렀고, 간이식당에서 샌드위치를 사 먹을 때도 웃음 띤 얼굴로 값을 치렀다. 더없이 젠틀한 태도였다. 길을 물어야 할 때는 더더욱 매너를 완벽히 지켰다. 그렇게 길고 긴 여행을 즐겁게, 큰 어려움 없이 했다고 한다. 그때 경미는 몰랐다. 아버지가 여행이 무척이나 즐거운 나머지 그렇게 공손한 태도로 다닌 줄만 알았다.

경미는 최근 병원에 입원을 했다. 태국을 여행하고 와서 동남아형 A형 간염에 걸렸던 것이다. 요즘 부쩍 늘어난 A형 간염은 '피곤한가' 싶었는데 금세 눈을 뜰 수 없고 입을 벌려 말도 할 수도 없을 정도로 급박하고 심각하게 진행되곤 한다. 며칠을 혼곤하게 잤는지, 간기능 수치가 얼마나 위험한 수위까지 올라갔었는지, 분간 못 할 정도로 반의식 상태를 오락가락하다가 가까스로 정신이 들고 보니 공포에 질린 가족들의 얼굴이 눈에 들어왔다. 비위생적 환경과 오염된 물에서 감염되는 A형 간염은 급박하게 진행된 것만큼 드라마틱하게 회복되곤 한다. 물론 간혹 아주 위험한 상태에 이르는 경우도 있지만 빨리 치료를 시작하면 대체로 큰 후유증 없이 낫는 편이다.

경미는 이제 간기능 수치가 정상 범위로 떨어질 때까지 충분히 쉬고 잘 먹으면서 기다리기만 하면 되었다. 그제야 병실 안의 이모저모가 눈에 들어왔고 마주 보는 자리에 있는 환자가 눈에 띄었다. 고개를 숙이고 가쁜 숨을 내쉬는 얼굴이 너무

검어서 간이 무척이나 많이 상했나 보다, 했었다. 화장실에 다녀오면서 이름표를 보았는데 이름이 길었다. 알고 보니 간암 말기를 판정받은 필리핀에서 온 여자였다. 수술도 못 하는 간암 말기. 항암치료를 받고 있다고는 하지만 며칠 살지 못할 것이 확연한 젊은 여자. 피부색이 검은데, 암 말기라서 더욱 안색이 초췌해진 여자.

화장실에 다녀오던 경미와 눈이 마주쳤을 때 그 필리핀 여자는 상냥하게 웃으며 고개를 숙여 인사를 했다. 그러고는 테이블에 있는 과일을 건네주었다. 비슷한 나이대의 얼마 살지도 못할 것 같은 타국에서 온 여자가, 잠시 아픈 뒤 회복되어가는 여자를 위해 음식을 나눠주고 있었다. 경미는 얼떨결에 과일을 받아들고 무척이나 미안한 마음으로 고개를 숙여 인사를 해야 했다.

다음 날, 필리핀 여자의 가족들이 왔다. 남편으로 보이는 남자와, 어린아이 둘. 굳이 눈여겨보려고 하지 않아도 눈을 들면 맞은편에 있어서 안 볼 수도 없었지만 딱한 사정이 한눈에 드러나 보였다. 남편은 일자리가 없었고 그녀는 산재 보험도 없었으며 입원비조차 오직 그 여자의 일삯으로만 해결해야 할 것으로 보였다.

그 필리핀 여자는 삼성의 반도체 공장에서 일을 하다가 병을 얻었는데 너무 늦게 안 것이다. 돈을 조금이라도 더 벌기 위해

야근을 밥 먹듯이 하고, 시간 외 근무를 자처해서 했고, 급하게 일을 하다 보니 마스크를 벗은 채 하게 되었던, 병을 눈치챘어도 진료 한번 받기 어려웠던 가난한 타국의 여자였다. 이 타국의 여자는 병실에 들락거리는 모든 사람에게 몹시 상냥했다. 무척이나 부지런했을 게 분명한 이 여자는 조금이라도 남에게 피해를 주지 않으려고 매사에 지극히 조심했다. 심지어 옆자리에 면회객들이라도 오면 자기의 보조 의자를 내주고 숨소리도 조심했으며, 면회객이 음료수병을 버리려고 쓰레기통을 찾으면 얼른 자기 것을 내주었다. 필요한 일이 있으면 무거운 몸을 일으켜 스스로 해결했으며 의료진이 무어라 물어오면 한국말로 조근조근 대답을 하고 밤중에 고통에 시달려도 혼자 끙끙거리며 참았다.

어느 날, 화장실에 가려고 한밤중에 눈을 뜬 경미는 그 타국 여자의 병상에 웬 여승이 앉아 두 손을 모으고 기도하는 모습에 깜짝 놀라 눈을 비비고 다시 보았다. 경미는 잘 몰랐지만 그녀는 항암치료를 하면서 다 빠진 머리를 감추느라 가발을 쓰고 있었던 것이다. 그녀는 가발을 벗고 앉아 두 손을 부풀어 오른 배 위에 모으고 울고 있었다. 복수가 차서 제대로 눕지도 못하고 등을 기댄 채 잠이 들어야 하고, 참을 수 없을 만큼 아파도 누구에게 아프다는 말도 못 하는 그녀는 그렇게 홀로 울면서 죽음을 맞이하고 있었다. 경미는 많이 아프냐고 물었고 그 여자는 고개를 저었다. 진통제 하나가 곧바로 돈이 되는 그 현실에 죽기 전의 아픔조차 경감시킬 수 없는 여자였다. 경미는 그냥 두고 볼 수가 없어서 스테이션으로 가 진통제를 놓아달라고 부탁을 하고 들어와 조심스럽게 잠자리에 들었다.

며칠 뒤, 경미가 퇴원 전 일련의 검사를 마치고 병실로 돌아왔을 때 그 여자의 자리가 막 비워졌고 주변은 어수선하게 헝클어져 있었다. 어떤 상황인지 한눈에 알고도 남았다. 여자는 숨지기 직전 중환자실로 옮겨진 것이었다. 여자가 실려 나가는 것을 지켜보았다 한들 마음만 더 아팠을 테고, 아무것도, 심지어 위로의 말 한마디 할 수 없었을 것을 잘 알았지만 마음이 너무 무거웠다.

퇴원 준비를 하면서 경미는 반년 전 아버지가 돌아가셨을 때의 모습이 떠올랐다. 그렇게도 즐겁게 노년을 보내셨던 아버지는 마지막 몇 개월을 요양병원에서 지내셨다. 미국의 요양병원은 우리나라의 요양병원보다 시설도 대우도 훨씬 좋았다. 아버지는 병원에 입원해서 돌아가시기까지 모든 사람에게 공손했다. 원하는 것을 하며 즐겁게 살았으니 이것으로 충분하다는 태도였지만 그것이 그 공손한 태도의 전부는 아니었던 것 같았다.

원하던 것을 하다가 노년에 삶을 마친 것과 채 제대로 살아보지도 못하고 젊은 나이에 삶을 마친 것은 비교할 수 없는 일일 게다. 하지만 두 사람을 지켜본 경미는 한 가지 깨달은 게 있었다. 만약 그녀가 한국 사람으로서 한국 안에서만 살았다면, 또는 두 사람 중 한 사람만 보았더라면 깨닫지 못했을 것을 그녀는 아! 하고 깨달았다.

혈육에 대한 가슴 아픈 점이나 미안한 점은 스스로도 모른 척하고 덮어버리고 싶었을 것이다. 그런 점을 감안하더라도 경미는 미국에서의 아버지의 태도에는 어느 정도 이민자로서의 사회적 지위를 의식한 면이 있지 않았을까, 하는 생각을 했다. 아버지는 자신이 동양인이라는 것, 언제 어디서건 원치 않는 시비가 일어나지 않도록 유난히 태도를 조심해야 한다는 점을 인정했던 것이 아닐까. 그렇다고 아버지가 즐겁지 않음에도 그렇게 했다는 것은 아니다. 아버지는 그 세계가 충분히 즐거웠고 기꺼이 그렇게 할 수 있었으니 다행이었으리라. 그에 비하면 아직 다른 인종을 노골적으로 배척하는 분위기가 있는 우리나라에서 타국의 여자가 받았을 차별은 훨씬 뼈아픈 점이 있으리라.

이민자로서의 아버지, 기꺼이 이민자로서의 지위를 감수하고 새로운 세계에 온몸을 던진 노년. 생의 마지막 시간에 뇌를 활짝 열고 낯선 세계를 받아들인 아버지. 이민자로서의 공손함과

긴장감으로 미지의 세계를 여행했고 그게 가능했던 미국이라는 나라. 돈이 좀 있고 없고는 전혀 상관없이 아버지와 타국의 여자, 그 두 사람의 공통점은 조금 더 잘 사는 나라에 가서 살아야 했던, 차별받는 사람이 가진 스스로에 대한 검열이었다.

경미의 아버지가 열광하는 뇌를 가졌던 것과 마찬가지로 타국에서 온 여자의 뇌도 열광했던 시기가 있었을 것이다. 낯선 곳에서 성공적으로 적응하고, 고국의 가족에게도 도움을 주고, 남편과 자녀와 보통의 한국 사람처럼 사는 것. 그것을 위해 잠시도 쉬지 않고 열광하며 달렸을 것이다. 병을 얻기 전까지 그 꿈은 바로 눈앞에 있었을 것이다. 뉴욕의 소호에 집을 갖고 세계에서 모여든 사람들이 빚어낸 그 거리의 문화를 향유하는 것과 서울에서 조그만 집을 갖고 가족과 오순도순 사는 것. 그것을 이루기 위해 낯선 땅에서 낯선 사람들과 어울리고 낯선 관습을 익히기 위해 눈을 반짝반짝 빛내며 살았을 시간들. 나로서는 짐작만 할 뿐, 그래서 조심스레 그 용기에 감탄만 할 뿐.

타인의 눈에는 잘 보이지 않는 것, 스스로에 대한 검열. 그것과 줄다리기를 할 뇌의 열광. 자칫하면 그 둘은 서로를 감시하고 서로를 억압하면서 서로를 시들게 할 수 있을 터이다. 그러니 모쪼록 검열과 열광 사이에서 줄다리기를 잘할 일이다. 열광하는 뇌를 지켜줄 신변의 안전을 위해서 말이다.

17.　　　　　사랑과 증오,
그 아슬아슬한 경계

어떤 사람이 이유도 없이 나를 미워하거나 피해를 주면 굳이 복수
하려 하지 말고 매일 강물에 가서 기다려보라. 머지않아 틀림없이
그의 시체가 둥둥 떠내려오는 것을 보게 될 것이니.　　－ 중국 속담

　영국 런던대학의 세미르 제키 교수팀의 연구 결과에 따르면
증오 회로에는 피각과 뇌섬엽 두 부위가 활성화된다고 한다. 이
는 모두 생각하는 작용 지대인 대뇌피질 뒤에 위치해 있다. 피
각은 경멸, 혐오의 감정을 관장하고 그에 따른 행동을 취하는
작동 시스템과 관련이 있고, 섬엽은 뇌의 고통 반응과 관련되어

있다. 그런데 증오하는 사람을 볼 때나 사랑하는 사람을 볼 때 피각과 섬엽이 모두 활성화되어, 사랑하는 사람을 넘보는 누군가가 나타나면 공격적인 행동을 취하게 한다. 즉 사랑과 증오로 인해서 빚어지는 고통스러운 신호를 전달하는 것이다.

그런데 사랑과 증오로 인한 후속 반응에는 큰 차이가 있다. 사랑의 감정을 느낄 때는 인간의 사고를 담당하는 대뇌피질 부위가 광범위하게 비활성화되며, 증오를 느낄 때는 아주 일부만 비활성화된다. 이는 사랑할 때는 이성적 사고를 담당하는 부분이 폭넓게 비활성화되어서 판단과 계산을 중지한 상태, 즉 콩깍지가 낀 상태가 되는 반면, 증오할 때는 증오의 대상에게 해를 입히고 복수를 해야 하기 때문에 다음 행동을 하기 위해서 이성적 사고를 담당하는 부분이 일부분만 비활성화되는 것이다. 그래서 비활성화되는 정도를 통해 미워하는 강도를 측정할 수 있다고 한다.

#

가학증 환자에게 있어서 사랑이란 자신이 사랑한다는 타자의 자유에 대한 증오이다. 사랑은 시간이 지나면 다양한 모습으로 변화하고 또 분화한다. 사랑하여 맺은 관계가 가지를 치고 늘어나는 것에 발 맞춰서.

어떻게 사랑이 증오로 변하는 것일까. 그렇게나 이뻐서 보고 또 봐도 보고 싶던 사람이 어째서 꼴도 보기 싫어질까. 사랑을 시작할 때는 사랑이 행여나 변질되지 않기를 바라지만 사랑은 종종 증오로 변하고는 한다. 사랑과 증오가 혼재해 있는 경우도 흔하다. 그것을 애증이라고 부르기도 하거니와, 숱한 관계가 애증에서 자유롭지 못한 것도 사실이다.

사랑은 시부저기 시드는 게 나을까, 증오로 치닫는 게 나을까. 사랑이 권태로 이어지는 게 나을까, 끝장을 보는 게 나을까. 우리의 뇌는 고통받는 것을 싫어하기 때문에 파국으로 치닫는 것을 유보하는 편이다. 그래서 냉전의 시간을 갖는 사람들이 많다. 그러나 냉전은 결국 권태로 가거나 끝장으로 가거나를 선택하는 긴 중간 단계에 불과할 뿐이다.

사랑이 시들어가는 것과 증오로 치닫는 것은 극과 극이지만 많은 사람들이 불행하게도 애정과 증오의 혼재를 겪고 그것에서 벗어나지 못해 갈팡질팡하며 평생을 고통에 시달리곤 한다. 왜 그렇게 사랑은 쉽게 증오로 이어지는 것일까. 사랑이 심하면 심할수록 미움도 심해지는 법. 그렇다면 미움에서 벗어날 방법은 없는 것일까?

나는 뇌가 반응하는 사랑과 증오의 유사성에 관심이 갔다. 사랑이 심할 수록 증오로 치달리는 것은 아마 뇌가 대상에 반응하는 과정이 비슷하기 때문인 것 같다. 증오는 뇌가 고통을 겪고 있다는 것을 뇌의 주인에게 알려주는 신호인 것이고 뇌는 그 고통을 경감시키기 위해 상대방을 공격하라고 부추기는 것이다.

시기와 질투는 비슷하게 보여도 다른 것인데, 질투는 사랑하는 사람을 뺏으려는 상대가 있을 때 일어나는 감정이고 시기는 내가 갖지 못한 것을 가진 사람을 증오하는 감정이다. 둘 다 상대방을 공격하라는 후속 반응을 불러일으키는 것은 같다.

특히 질투는 사랑하는 두 사람 사이를 갈라놓으려는 제삼자가 나타나서만이 아니라, 자기가 일방적으로 사랑하는 사람이 다른 사람을 사랑할 때도 일어나는 감정인 것이고 그럴 경우 제삼자는 그저 사랑받는다는 것만으로도 증오의 대상이 된다. 질투하는 사람은 자기와 전혀 관계없는 사람을 증오할 수도 있는 것이다.

둘이 함께 열렬히 사랑했던 사이라도 내게 사랑이 식었다면, 내가 아직 사랑하고 있을지라도 그것으로 그만이라고, 이미 끝난 사랑은 어쩔 수 없는 일이라고 생각하는 사람이 있는가 하면, 나를 사랑하지 않는다는 이유로 그 사람을 죽이고 싶어 하는 경우도 있는 것이다.

독일어에 '샤덴프로이데schadenfreude'라는 단어가 있다. 심리학 용어이기도 한 이 말은 피해, 재앙을 뜻하는 '샤덴schaden'과

기쁨을 뜻하는 '프로이데freude'를 합친 것으로, '남의 재앙을 기뻐한다'는 뜻이다. 이 심리는 우월한 상대가 난관에 봉착했을 때 그에 대한 시기심을 누그러뜨리고 자기 긍정을 강화하는 효과를 가져온다고 한다. 네덜란드 레이던대학의 반 데이크 교수가 '샤덴프로이데'를 느끼는 상태에 대해 실험을 했다. 실험 대상이 되는 학생들의 자신감을 먼저 평가한 뒤, 누구나 부러워할 자리에 취직할 가능성이 높은 학생에 대한 면접 기록을 읽게 했다. 그런 다음 이 학생의 지도교수가 학생의 연구 결과에서 큰 결함을 발견했다고 밝힌 또 다른 면접 기록을 읽었다. 그 결과 자신감이 낮은 학생일수록 잘 나가는 학생에 대해 더 많은 위협을 느끼며 더 강한 샤덴프로이데를 느끼는 것으로 나타났다. 또한 자신감과는 별도로 평소 위협을 많이 느끼는 학생일수록 샤덴프로이데를 더 느끼는 것을 알 수 있었다.

여기에서 더 나아가면 많이 가진 것처럼 보이는 사람에게 불행한 일이 생기기를 바라는 심리가 나타난다. 그저 어떤 사람이 많은 것을 가진 것 같고 많이 사랑받는 것이 죽이고 싶을 정도로 밉다는 사람도 있다. 바로 그것이 시기심이다.

다시 자신감을 심어주고 실험을 하니 자신감이 높아진 학생들은 시기의 대상에게서 고소하다는 감정을 전보다는 덜 느끼는 것으로 드러났다. 자신감이 낮을 때 사람들은 어떻게든 기분이 나아지려고 애쓰며 이때 남의 불행을 보면서 샤덴프로이데를 느끼고 '나는 다행이다'라고 생각하는 것이다. 이 연구를 통해 자신감이 높아지면 굳이 남의 불행을 보고 좋아할 필요가 없다는 것을 알 수 있다.

때로 까닭 없는 증오로 보이는 경우도 참 많다. 따져보면 다 과거의 트라우마로 인한 것이겠지만, 가끔 이성적 판단을 넘어서는 증오심을 볼 때는 앞에 나온 중국 속담처럼 너무나 섬뜩하다. 요즘 자주 사건화되는 이른바 '묻지 마 폭행, 묻지 마 살인'은 이렇게 시기심이 실제 공격적 행동으로 나타난 것이다. 사회적으로 박탈감이 심할 경우 자기를 제외한 다른 사람들 전체를 무차별하게 공격하게 되는데 이는 대부분 자기보다 힘이 없는 사람을 대상으로 저질러진다. 이 시기와 질투가 서로 동맹을 맺는 바람에 사랑하는 사람에 대한 복수와 공격이 시작되는 것이다. 그래서 우리나라 드라마의 오랜 역사가 이어진 게 아닐까.

참으로 인간의 사랑과 증오에는 이성이 개입할 여지가 너무 적은 것인지도 모르겠다. 사랑의 실패로 인한 증오, 그리고 증오로 인한 복수심에 나를 불태우는 것을 감당하지 못해서 차라리 깨끗하게 잊고 새로운 사랑에 나를 불태우는 것이 낫다고 생각하는 사람. 그런가 하면 기어코 복수를 하고자 하는 사람도 많으니 말이다. 상대방에게 상처를 더 많이 줘서 상대방의 상처가 커지면 내 상처가 작아지기라도 하는가? 어떤 경우라도 바닥을 보지는 말아야 한다. 상대방에게 절망하는 것뿐만 아니라 자기 자신의 바닥을 본 뒤에는 자존감이 떨어지게 되어 있으므로. 한 번이라도 자신의 바닥을 보게 되면 다시 내려가는 게 어렵지 않으므로.

회복되지 않는 상처는 대개 돌고 돈다. 가슴속에서 곪고 곪은 상처나 아물어지지 않은 상흔은 항시 어딘가로 튈 기회만을 노리고 사람 사이를 떠돌다 누군가에게로 가서 부딪쳐 내게로 다시 돌아올 공산이 크다. 내게로 돌아온 상처는 더욱더 커져서 다시 누군가에게로 튀어 나간다. 그렇게 상처는 다른 방향으로 튕겨 나가기가 쉬워서 내게 상처를 준 사람에게 되돌려주면 그나마 좋으련만, 대개는 엉뚱하게 나보다 약한 사람에게로 향하기 일쑤이다. 누군가에게 상처를 입고 그 사람을 증오하지만 그 사람이 자기가 넘어설 수 없을 만큼 클 경우에는 그 증오의 화살을 다른 사람에게 겨누게 된다. 그래서 폭력적이거나 억압적인 부모로부터 학대를 당하면 나보다 힘이 없는 친구에게 화풀이를 하거나 동물을 학대하는 것으로 공격성을 표출하곤 한다. 상처를 잘 다스려서 적절한 해소 과정을 거치고 치유가 되는 것은 상당한 시간과 지속적 애정을 필요로 한다.

이런 증오

남편의 행복이 증오스럽기만 하다는 여자의 말을 들어볼 기회가 있었다. 그녀는 언제나 우울한 얼굴로 한숨을 푹푹 내쉬며 불행하다는 말을 입에 달고 살았다. 언젠가 나는 그녀에게 왜 그렇게 불행하느냐고 물은 적이 있다. 겉으로 보기에 그녀는 별로 부족한 게 없었다. 남편은 가장으로서의 역할을 충실히 이행해서 가족을 풍족하게 살게 해줬다. 그녀는 늦었지만 하고 싶었던 공부도 하고 일도 하며 세계 각지로 여행을 다니곤 했다. 그런데도 항상 불행하다고 했다. 그저 입버릇이려니 했다. 그런데 그녀가 하는 말이 걸작이었다.

> "남편은 항상 뭔가를 하며 혼자 행복해하는데 그걸 보는 나는 너무 불행해. 나는 무엇을 해도 행복하지 않은데 그 사람은 무엇 때문에 그렇게 행복한지 모르겠어. 그 사람이 미워, 죽이고 싶도록 미워."

내 입이 저절로 딱 벌어졌다. 행복은 온전히 누군가가 주는 것인가? 저 사람은 행복하고 나는 행복하지 않은 게 저 사람 잘못인가? 좀 심각하다 싶었다. 내게 고통을 주는 사람도 아닌데 그저 그 사람이 혼자 즐거워한다고 죽이고 싶다니?

"뭐가 부족한 것이 있어요? 경제적으로 풍족하잖아요. 가고 싶은 곳 어디에나 가고, 아무도 당신이 하고 싶어 하는 걸 못하게 막지 않잖아요. 아이들도 훌륭하게 컸고 뭐가 부족한 것이죠?"

"부족한 것이 많아. 늦게 시작하긴 했지만 몹시 하고 싶었던 일에 뛰어들었는데 잘되지 않잖아. 난 정말 열심히 하고 있는데 인정도 못 받고. 그것 때문에 난 너무 불행해."

"그건 불행하다고 여길 만하겠네요. 근데 그건 자신의 능력 부족 때문이지, 그게 남편을 죽이고 싶을 정도로 미워할 이유가 되나요?"

자신이 생을 다 받쳐서라도 하고 싶은 일에서 능력이 부족함을 느낄 때 스스로 겪는 고통은 엄청나다. 그런데 그건 어느 분야나 어느 누구나 마찬가지일 것이다. 그것이 남편을 죽이고 싶을 정도로 미운 이유가 되는가?

"남편은 무슨 일을 하면서 행복해해요?"

"혼자서 놀러도 가고, 낚시도 가고, 골프도 치고, 친구들과 잘 놀고 그래. 근데 항상 뭐가 그렇게 즐거운지 싱글벙글해. 그걸 보면 그렇게 미워. 나는 불행해 죽겠는데 혼자 즐거워하는 게 싫어."

결국 불행해하는 자기를 위로하며 같이 울어주지 않고 나 몰라라 하는 것이 미운 이유였다는 말이다. 그런데 이게 그렇게 단순하지가 않다.

다시 생각해보면 그녀는 자기 남편의 자유를 통제하지 못해서 불행하다는 것이다. 달리 말하면 어떻게 괴롭혀도 자기의 통제가 먹혀들지 않고 아무리 괴롭혀도 불행해하지 않는, 자기 통제를 벗어난 사람이기 때문에, 더 직접적으로 말하자면 자기가 남편에게 아무것도 아닌 존재라는 점이 고통스러운 것이다.

이것은 자기에게 관심이 없는 남편과 평생을 살아온 아내들의 내면을 반영한다. 남편들은 아내가 자신에게 관심을 보이지 않았을 경우에 강제적으로 관심과 대접을 요구하거나 그게 잘 안 되어도 일이나 사회적 활동으로 대체하는 경우가 많지만, 여자들은 가족 안에서만 자기 존재감을 확인하는 불공평한 관계 때문에 남편에게 적극적인 애정을 요구하지 못하고 증오를 쌓아두게 된다. 그래서 여자들이 결혼 생활에 더 불만족스러워한다는 통계가 나오곤 하는가 보다. 남편에게 아무런 가치도 인정받지 못하고 수십 년을 살아온 아내들. 그녀들의 내면에는 '자기를 당연하게 사용해온 남자'에 대한 증오가 쌓여 있다.

그래서 남편을 증오하는 여자들이 자신에게 무관심한 남편에게 자기 존재를 인식시키기 위해 최소한의 보복을 하게 되는데, 그게 바로 '그를 괴롭히는 말'과 '달달 볶고 항상 그를 탓하는 것'이다.

우울증 환자는 무기력감에서 벗어나기 위해 폭력을 쓰는 경우가 많다고 한다. 폭력을 쓰면 상대방이 어떻게든 반응을 하고 그것으로 자기 존재가 누군가에게 먹혀들고 있다는 것을 확인할 수 있기 때문이다. 우울증에 대해 드러내놓고 논의하기 시작한 지 얼마 안 된 우리 사회에서는 경증의 우울증에 대한 이해가 부족하다 보니 못된 성격쯤으로 취급해버리고 더 소외시키는 결과를 가져오는 경우도 많아 보인다.

이렇게 상처를 입고 있지만 겉으로 보면 타인에게 상처를 입히고 있는 것처럼 보이곤 해서 제대로 하소연하지도 못한다. 그들의 내면은 상처로 가득하다. 정서적 박탈감을 뜻하는 깊은 상처 말이다. 상처는 어느 한 사람에 의해서만 일어나기도 하지만, 정신적 트라우마가 될 정도의 상처는 한 사람에 의해서라기보다는 몇몇 사람에 의해 반복적으로 되풀이되면서 그의 내면에 차곡차곡 누적되었을 확률이 높다. 그래서 상처를 해결하기 어려운 것이 문제의 열쇠를 쥔 사람이 한 사람이 아니라서 모두 찾을 수가 없는 데다, 때로는 영영 사라져버린 경우도 있기 때문이다. 그러니 한 인간의 삶의 과정에서 만난 사람들을 일일이 찾아서 문제를 해결하기란 요원하기만 하다. 어쩌면 세상의 어느 누구도 상처를 온전히 해결해나갈 수도, 상처로부터 자유로울 수도 없을 것이다. 그렇다면 이 상처의 싸이클에서 어떻게 벗어날 것인가.

　남편을 죽이고 싶다고 말하는 사람은 실상 사랑을 달라고 소리치고 있는 것이다. 본인도 모르고 배우자도 모르는 걸 보면 사랑이란 것은 참, 애처로울 만치 힘이 없는 것인지도 모르겠다. 사랑이란 것이 어떤 상황에서는 죽음을 무릅쓸 만큼 강한 힘을 발휘하지만 세월에 더없이 약하고, 곤경에 처하면 그 모습을 바꾸고 마는 물렁한 것이라면, 아주 사라지기 전에는 다시 다른 모습으로 바뀔 가능성이 있지 않을까, 기대하게 하는.

　그러니까 사랑이 증오로 분화되는 과정은 뇌의 활동이 비슷해서 그렇다 치고, 그렇다면 거꾸로 증오가 사랑으로 되돌아갈 수는 없는 것일까. 그 회로를 거꾸로 이용할 수는 없을까.

　많은 부부가 냉전을 겪으면서도 파국으로 치닫는 것을 유보하는 것은 어쩌면 증오가 다시 사랑으로 모습을 바꿀지도 모른다는 한 가닥 희망 때문이 아닐까. 예전의 사랑까지는 아니어도 사랑 비슷한, 어쩌면 사랑보다 훨씬 카테고리가 큰, 연민이니 교감이니 하는 것으로 말이다. 그리고 실제로 오래 함께 살다 보면 한때는 절대 이해할 수도 용서할 수도 없을 것 같던 점도 세월을 따라 사람이 변하면서 차츰 이해되는 일도 숱하지 않은가? 이른바 '정'이라는 것의 실체는 무엇일까. 정과 연민, 인간적 교감은 다른 것일까?

우리나라 정서에만 있다고는 하지만 – 이건 확신할 수 없는 것이긴 하다. 어찌 이런 정서가 한국에만 있을까. 딱 맞아 떨어지는 용어가 없어서겠지 – 이 '정'이라는 것은 무엇보다도 우선 긴 세월을 품은 것이고, 미적지근하게 식은 사랑과 미움 비슷한 감정이 반쯤 섞여 있으며, 갈등도 아직은 간간이 얼굴을 내밀고, 타협도 슬그머니 얼굴을 내밀고, 체념이 그 끄트머리를 차지하고 있는 것이 아닐까.

심야식당

〈심야식당深夜食堂〉이라는 일본 연작 드라마가 있다. 밤 12시부터 아침 7시까지만 문을 여는 이 작은 식당은 정식 메뉴는 두세 가지밖에 없지만 재료가 받쳐주는 한 단골손님이 해달라는 요리는 다 해주는 곳이다. 밤에 여는 식당이란 주로 밤 늦게까지 일하거나 밤을 새워 일하는 사람들을 대상으로 하는 곳인지라 손님들은 대부분 거대도시의 상업 시스템에서 파생된 각양각색의 직업을 갖고 있는 사람들이다.

연예인 지망생 남자에게 아르바이트 해서 모은 돈을 갖다 바치고 배신당한 어린 여자, 술주정꾼 엄마와 티격태격하지만 서로 의지하고 사는 태권도 도장을 운영하는 노총각, 특별한 사연이 있어 보이는 젊은 여자, 그 여자에게 관심을 보이는 어리바리한 도시락 가게의 젊은 남자, 게이나 매춘부, 미모와 애교를 무기 삼아 순진한 남자를 유혹하는 자매, 매번 편집자로부터 퇴짜 맞는 소설가 등이 주요 고객이다. 그들이 먹는 음식들은 보잘것없지만 각자의 사연이 담긴 돈가스나 가라아게, 꽁치 꼬치구이 덮밥, 크림 스튜, 파인애플이 들어간 탕수육, 된장이나 겨자를 살짝 넣은 참치 마요네즈 덮밥 등이다.

그들은 매일 밤 집에 들어가기 전에 따뜻이 데운 술을 마시거나 늦은 저녁밥을 먹으러 이곳에 와서 주인이 정성껏 만들어준 추억이 깃든 음식을 먹으며 저마다 자기의 상처들을 털어놓거나 보여주고, 곁에서 누군가의 상처를 지켜보며 너의 상처가 나의 상처일 수 있고, 내 상처가 나아가면 너의 상처도 나을 수 있다는 것을 알게 된다.

말없이 이야기를 들어주고 단골손님이 원하는 음식을 만들어줄 줄 아는, 그 자신 또한 사연이 그득할 성싶은 주인과 그 음식에 얽힌 각자의 가슴 아프거나 기쁜 추억을 공유하는 친구들이 있어서, 집을 나와 살던 소설가는 아내와 딸을 다시 만나게 되고, 못된 남자에게 배신을 당한 여자는 자신감을 회복하고, 미워하고 불신했던 오빠와 화해를 하는 등 어려운 처지에 있던 사람들은 차츰 문제를 해결하게 된다. 때로 밑바닥 인생이나 다름없지만 그 사정을 이해해주는 누군가가 있다면, 그들이 진심으로 따뜻한 시선을 보내고 있다면, 그쯤에서 자기를 내던지는 일을 그만두게 될 수도 있다고 영화는 말한다.

그런 시각으로 샤덴프로이데를 다시 해석해보면, 샤덴프로이데는 다른 사람의 실패를 보면서 내 경쟁심을 누그러뜨리는 역할만 하는 것이 아니라, 다른 사람의 실수나 실패를 보면서 내 실수나 실패를 겹쳐놓고 그 동질감으로 긴장을 누그러뜨리는 역할을 하는 것인지도 모른다.

모든 심리는 그 메커니즘이 발동하고 움직이는 과정과 경로라는 게 있어서 단지 한 사건이 한 가지 결과만을 만들어내지 않는다. 그렇기 때문에 질투와 시기라는 과정을 거쳐서 결국 동질감과 동병상련을 느끼고, 울타리 밖에 있다고 느끼고 절망하는 사람을 끌어당길 수 있는 것이다. 입장 바꿔 생각하자는 말은 사실, 가능하지도 않다. 자기가 서 있는 입장, 즉 처지를 바꿔놓는다는 것은 자기가 이루거나 가진 모든 것을 던진다는 것과 같다. 대부분 불가능한 일이다. 타인을 이해하기 위해서는 자기가 지키고자 하는 것, 소중하게 여기는 것들을 내줘야 하는 경우가 대부분이다. 그러면 어떻게 타인을 이해하고 타인과 교감하겠느냐고?

인간은 상상력이라는 가장 고등한 영역을 지니고 있다. 상상력이란 자기 삶이 바탕이 되어 다른 영역으로 넘어갈 수 있는 능력을 말한다. 몽상이나 백일몽 또한 상상력의 영역에 속하지만 상상력은 실제를 만들어낼 수 있는 인류의 가장 중요한 자산이다. 연민과 교감이란 상상력이라는 고등한 능력을 사용하여 자기 경험을 바탕으로 자기 경험을 넘어설 때 비로소 도달하는 어떤 세계일 터이다. 그리하여 연민과 교감 능력을 키운다면 사랑을 잃지 않으려는 불안정한 유기체를 지속적이고 안정적인 형태로 변화시켜 나갈 방법을 찾을 수 있으리라.

상상력을 사용하여 사람들로 하여금 쉽게 타인의 삶에 공명하게 하는 것이 영화일 터. 현실이 버거울 때는 누구나 그렇듯이 가끔 환상에 기댈 때가 있다. 그럴 때 달콤한 멜로 영화를 본다거나, 로맨틱 코미디를 보면서 '나도 이렇게 어려움을 지나갈 수 있다면 얼마나 좋을까' 하는 기대를 갖기도 한다. 아주 불가능한 일은 아닐 것이라 믿는다. 영화 속 이야기를 바로 내 주변 누군가의 이야기로 치환할 수만 있다면 새로운 형태의 공동체가 탄생할 수도 있지 않을까. 사랑에서 변화하고 분화한 또 다른 감정이 그 공동체를 지탱해줄 수 있을 거라고 기대해본다.

18.　　　　　　　　　　잃어버린
　　　　　　　　　　　　여행

지난 여름, 구운 꽁치를 먹으며 친구 몇몇이 여행지에 대한 이야기를 나누었다. 난 갈 수 있을지 없을지 몰라서 적극적으로 반응하지 않았다. 그게 무엇이든 결정적인 어려움이 내 여행을 방해하길 바라는 마음이었다. 인도네시아는 햇빛이 강한 나라일 테니 자외선 차단제를 많이 가져가야겠다는 말을 주고받는데 한 친구가 말했다.

"그곳은 지금 우기일 걸요."

잘됐다 싶었다. 장마에 어디 낯선 곳을 나다닌단 말인가. 난 인도의 몬순을 떠올리며 장마에 더운 나라를 여행하기 괜찮겠냐고 물었다. 햇빛과 바니안나무를 보고 싶은데, 장마라면⋯. 매일 말려야 하는 옷을 걱정했다. 나는 주저하는 척하며 여행하기 어렵다는 표정을 지었다.

"그곳의 우기는 우리나라의 장마와는 달라요."

그는 눈빛을 빛내며 말했다.

"지평선이 보일 정도로 넓은 대지에 저쪽 끝에서부터 마치 장작을 쪼개듯 쫙, 쫙, 쫙 하면서 스콜이 순식간에 다가와요. 그런데 그게 지나고 나면 다시 강렬한 햇빛이 내리죠. 장마와 달라서 습기 때문에 힘들지는 않을 거예요. 잠시 서서 비가 지나가기를 기다리면 돼요."

나는 그의 말을 들으며 내 앞을 지나가는 비를 바라보는, 대륙에 홀로 서 있는 나를 상상한다. 여행을 다녀와서 나는 '소리'에 대해 쓰리라 생각한다. 대륙에서 태어난 존재였으면 싶었던 때가 한두 번이 아니었다. 이번 기회에 넓은 대지에 홀로 놓여 내 앞을 지나가는 '소리'로서의 비를 보고 싶었다.

그러나 늦은 밤, 꽁치를 다 먹고 술잔이 빈 것을 확인하고 모두 자리에서 일어날 때 나는 여행이 꼭 필요하지는 않다는 결론을 내린다. 그것보다 더 중요한 할 일이 있다. 작업을 진행하는 동안은 거의 모든 다른 일을 멈추는 버릇 때문에 나는 다른 어떤 것에도 빠지고 싶지 않았다. 장편 작업을 방해하는 모든 유혹으로부터 귀를 막고 눈을 감는다. 결국 여행에서 혼자 빠진다. 홀로 버스를 타고 돌아오면서 나는 바짝 마른 대지에 느닷없이 장작 쪼개는 소리를 내며 내리꽂히는 비를 상상했다.

여름 내내 그 소리를 생각하며 단조롭고 지루한 시간을 견뎠다. 사실 단조로움을 견딘다는 표현은 내게 어울리지 않는다. 나는 생활을 최대한 단조롭게 만들기 위해 모든 것을 버리는 사람이다. 작업을 진행하는 동안은, 그것이 한두 달 단편 작업이든 1년 이상 지속하는 장편 작업이든, 내 방 안에서 이루어질 수 있는 일로 하루를 보내는 것에 충분히 행복해한다. 나는 내 작업을 방해하는 모든 유혹으로부터 그닥 어렵지 않게 자유로워질 수 있다. 아침을 털고 일어나 달려가게 하는 취재가 아니라면 나를 방 안에 붙들어두는 것은 어렵지 않다.

그래서 여름 내내 '소리'를 염두에 두고 작업을 했다. 그러잖아도 이번 작업엔 소리가 많이 울려 퍼진다. 내 무의식 속에 들어 있는 소리들을 끌어내며 작업을 진행한다. 그리고 얼마 있지 않아서 나는 '습기'에 대해서도 듣는다. 중국의 황산을 다녀온 친구가 말했다.

"다른 건 모르겠고, 산꼭대기에 있는 호텔에서 자는데 물구덩이에서 자는 것 같았어. 시트도 이불도 온통 축축했어."

그날로부터 황산은 내게 물구덩이로 자리 잡는다. 나는 내가 알고 있는 모든 눅눅한 시트들을 떠올린다. 여자의 얼굴 위로 마치 비처럼 떨어지는 남자의 땀방울, 땀 많은 남자가 일어난 뒤, 말 그대로 몸을 따라 흠뻑 젖은 시트. 나는 습기가 필요한 부분으로 되돌아가 두 남녀를 흠뻑 적셔놓는다. 내게 앙코르와트는 직접 가기 전까지는 스콜의 소리로 이미지가 지어지고 황산은 물구덩이로 남아 있을 것이다. 그곳에 직접 간다 한들 그 이상의 강렬한 이미지를 얻어 가지고 올까 싶다.

나는 나의 여행 방식을 잘 안다. 나는 여행지에 대해 거의 아무런 기억을 갖고 있지 않다. 어디를 거쳐 어떻게 그곳에 갔으며 무슨 어려움이 있었는지, 거의 기억이 없다. 심지어 한밤중의 한 장면만 남아 있을 뿐 거기가 어딘지 도대체 기억나지 않는 경우도 허다하다. 그러므로 내게 소리나 습기로만 남을 수 있는 여행이라면 그것만으로도 여행의 값은 충분하다. 오래전 겨울, 홋카이도 여행도 마찬가지였다.

얼음이 뒤집히는 것, 오직 그것 하나를 보기 위해 달려간 홋카이도. 넓은 바다를 가득 덮은 하얀 얼음과 그 얼음을 깨며 나아가는 쇄빙선을 타기 위해 한겨울 삿포로에 내렸다. 홋카이도를 가로지르는 열차를 타고 밤을 새워 오호츠크해를 앞에 둔 작은 만에 도착했다. 나는 깨진 얼음이 뒤집히면서 흘수선 아래로 끼어 들어가는 것을 하나도 놓치지 않고 바라보았다. 배 아래로 들어가기 전에 높이 솟아오르는 얼음은 처음 보는 색이 아니었다. 내셔널 지오그래픽은 사실보다 더 선명한 화질을 자랑한다.

나는 솟구치는 얼음의 허망함을 안고 왔다. 두려움이 느껴지도록 높이 솟구칠 때와 다르게 허망하도록 슬그머니 짙푸른 바닷속으로 모서리를 담그는 얼음. 그 얼음에서 내가 보고 싶었던 뜨거움 같은 것은 보이지 않았다. 허구는 자주 현실을 뛰어넘는다. 허구는 현실보다 더욱 생생하다. 다른 여행이라고 달라질 게 없을 것 같다.

새들이 이집트를 향해 날기 시작할 때 새들에겐 이미 이집트가 있다고 했어. 친구들은 앙코르와트를 향해, 황산을 향해 날아가고 나는 내 속의 '소리'와 '습기'를 찾아 떠나지. 내 삶은 원천적으로 잃어버린 여행인 거지.

온몸이 부서진 것처럼 아파요

사람들은 대체로 갖고 있던 것을 잃었을 때 안타까워하고 아쉬워하며 슬퍼한다. 잃는 것이 사람이든 물건이든 다르지 않다. 그런데 '잃는다는 것'을 두고 가만히 생각해보면, 가지고 있던 것을 잃었을 때의 상실감 못지않게 가질 수 있다고 기대했던 것을 갖지 못했을 때의 상실감도 꽤 크다. 마땅히 가질 수 있을

것이라고 여겼던 것을 갖지 못했을 때, 때로 우리는 그 상실감
이 너무 큰 나머지 마치 자신의 것을 잃은 것처럼 고통스러워
한다. 그리고 보면 우리를 종종 아픔으로 몰아넣는 상실감과 분
노는, 금방 손에 쥐어질 것처럼 여겼던 것이 그만 감쪽같이 사
라졌을 때 일어나곤 하는 것 같다.

어떤 여학생이 상담 선생님에게 한 말을 그대로 옮겨본다.

> "내 말 잘 들어주고, 생각도 깊고, 마음도 따뜻한 그런 친구가 좋아
> 요. 여우같이 남자들한테 꼬리치는 애는 싫고, 말 전하고 이간질하
> 는 애는 정말 싫어요. 나랑 취미가 같았으면 좋겠어요. 그래야 통하
> 는 게 많잖아요. 하지만 내가 좋아하는 ○○오빠는 좋아하지 않았으
> 면 좋겠어요. 친구끼리 삼각관계가 되면 속상하잖아요."

이것은 철없는 어린 여자애의 생각일 뿐일까. 누구나 이런
속내를 가지고 친구를, 연인을, 가족을 만들지 않을까. 그런데
이것은 당연한 것일까. 그게 누구든 이런 조건을 다 갖출 수 있
기는 한 것일까. 이 학생의 경우를 빌려서 우리가 맺는 관계를
돌이켜본다. 이렇게 바라던 바가 어긋났을 때 우리는 상대방이
나에 대한 신뢰를 저버렸다고 느끼고 나는 친구를 잃었다는
몹시 고통스러운 감정을 겪게 된다. 이것은 누구의 잘못일까.

과연 상대방의 잘못이라고만 할 수 있을까.

　많은 결혼 생활이 이처럼 기대와 환상을 절단내면서 진행된
다. 온몸이 아파서 죽을 만큼 힘들다는 중년의 부인이 매일 병
원에 온다. 어깨, 가슴, 등, 허리, 엉치, 종아리, 안 아픈 데가 없
다. 아파서 잠을 잘 수가 없다는 얼굴엔 슬픔이 가득했다. 그러
나 단 한 번 이야기를 나눠본 것만으로도 그녀가 천성이 귀염성
있고 다정다감하며 자기에게 맡겨진 바를 성실하게 수행하고
속내를 털어놓는 걸 어려워하지 않는 사람임을 알 수 있었다.
이런 사람은 조금만 마음이 가도 덥석덥석 가진 걸 내주는 사람
이다. 아니나 다를까, 커피며 간식거리를 종종 선물하곤 했다.
　그녀의 병명은 섬유근육통. 근육이 있는 곳이라면 어디나 통
증이 있었다. 불면은 통증에 선행하거나 통증에 따르거나 항상
동반하는 것이었고, 원인은 스트레스라니 실상 인생에서 겪어
온 모든 아픔이 그 몸에 차곡차곡 축적된 것일 테다. 그녀의 남
편은 함께 와서 이런저런 사소한 간섭을 했다. 남편의 통제가
일상적이라는 게 한눈에 읽혔다. 그녀는 남편이 자기 병을 꾀
병이라느니 과장한다느니 한다면서 자신의 아픔을 이해해주지
못하는 것을 원망했다.
　두 사람은 특별할 게 없는 보통의 부부 모습을 보여주고 있

었다. 아내의 역할에는 집안일과 자녀를 돌보는 일뿐만 아니라 남편을 돌보는 일까지 포함되어 있다. 그런데 남편의 역할은 밖에서 일하는 것만 있을 뿐 아내를 돌보는 일은 자기 몫이 아니라고 여기는 일이 태반이다. 아내는 혼자 아프고 혼자 추슬러야 한다. 건강검진을 받는 곳에 가보니 남편들은 아내와 함께 온 경우가 많았고 여자들은 젊은 여자나 나이 든 여자와 함께 오거나 혼자 와 있는 경우가 많았다. 이게 웬일일까. 남편들은 직장에 나가야 하니까 아내의 아픔을 돌볼 수 없는 걸까. 결혼 생활에서 기대했던 것들이 깡그리 어긋났을 때 사람들은 깊은 통증에 시달리게 된다. 그러나 아내의 통증에 진심으로 반응하는 남편은 많지 않다.

그러다가 남편이 천장골관절증후군으로 극심한 통증을 호소하면서 함께 치료를 받게 되었다. 남편은 생전 처음 겪는 급작스러운 통증으로 당황하고 고통스러워 어쩔 줄을 몰라했다. 아내는 고통받는 남편 뒤에서 고소해하며 웃었다. "나한테 항상 꾀병이라더니 자기도 아파봐야지. 나는 첫애 낳으러 수술실에 혼자 들어갔어요. 남편은 오지도 않았어. 큰딸은 미숙아로 태어나 열흘도 넘게 인큐베이터에 있었어요. 내가 얼마나 가슴이 아팠겠어. 그런데 남편은 한 번도 나를 위로해주지 않고, 내 탓을 했어요."

아내는 오랫동안 홀로 외롭고 아프게 견뎌야 했다. 아내는 약한 딸의 건강을 살피고 공부 뒷바라지를 잘해서 남부럽지 않은 아이로 키워놓았으며 가정도 야무지게 관리해서 남편 역시 편안하게 직장 생활을 할 수 있었다. 그런데도 남편은 아내의 수고에 고맙다는 말이 없고 여전히 과도하게 통제를 하는 거다. 아내는 항상 남편으로부터 혼나는 아이가 된 듯한 기분이 들어 남편만 보면 불안해지고 가슴이 쿵닥거렸다. 이런 상황에서 불면은 당연한 것이다. 아파서 잠을 잘 수 없다고 하지만 불면은 모든 통증을 부풀려놓기도 한다.

인간은 헌신하는 존재이다. 오랜 헌신이 아무런 값어치 없는 도로徒勞에 불과하게 여겨질 때 인간은 몹시 아프다. 아내는 가족을 위해 헌신함으로써 자신의 정체를 공고히 한다. 어떤 이는 헌신을 두고 개인적 욕망의 실현이라고도 하지만, 실상 인간의 삶에서 '어떤 것에의 헌신'이 없이는 자기 자리를 만들기도, 성취감도, 깊은 기쁨도 누릴 수가 없다. 인간은 '헌신'을 통해서 자기 삶의 의미를 발견하곤 한다. 그런데 가끔 헌신했던 대상에게서 배신을 겪기도 한다. 그럴 때 인간은 죽음과도 같은 아픔을 겪는다. 아내들은 기대에의 배반에 상실보다 더한 상실감을 겪는다. 헌신이 배반당한 나날들이 누적되어 온몸과 마음이 부서져버린 것이다.

그럼에도 불구하고 남편이 아프다니 아내는 남편을 돌보았다. 며칠을 통원하면서 치료받더니 남편이 이렇게 말했다. "내가 이렇게 아픈데 우리 집사람은 얼마나 아팠겠어요." 본인이 아파보고서야 비로소 아내의 아픔을 이해하게 되었다는 말이다. 그제야 남편은 아내를 위해 보약을 짓고 다리를 절면서도 아내의 짐을 들어주기 시작했다. 아내에게 미안해하는 부드러운 미소를 짓고 서로 등을 감싸며 병원문을 나섰다. 입장이 바뀌어 상대방을 이해한다는 것은 이런 경우를 말하는 것일까. 남편이 아내의 오랜 아픔을 이해했기를 바랄 뿐이다.

통증은 기억이다. 손과 발을 절단당한 사람들은 손끝과 발끝에서 여전히 아픔을 느낀다. 그것을 환상통이라 한다. 그것이 심리적인 것이든 신체적인 것이든 뇌는 그 격렬한 아픔을 잊지 않는다. 실제 아픔이 닥쳐오기도 전에 그 조짐만으로도 극심한 통증을 느끼는 것이다.

이런 환자도 있었다. 최근의 일이다. 젊다면 젊은 나이, 사십대 중반의 여성이 가벼운 자동차 사고로 내원했다. 다른 치료는 무서우니 물리치료와 약만 먹겠다고 했다. 가벼운 물리치료가 끝나서 흡착컵을 떼다가 하나를 놓쳐 어깨에 떨어트렸다. 환자가 갑자기 비명을 질렀다. 비명에 놀란 나는 "놀랐나 봐요, 미안해요"라고 했는데 그녀는 놀란 게 아니라 아팠다고 했다. 그런 가 보다, 했는데 데스크에 나와서 정색을 하며 "아까 진짜로 아팠어요, 정식으로 사과해주세요" 하는 것이 아닌가. 나는 그녀 의 눈을 지그시 바라보며 "아, 아프셨나 봐요, 미안해요. 다음부 터는 좀더 신경쓸게요"라고 했고 그녀는 머뭇거리다 "고마워 요" 하고 나갔다. 그 뒤로 몇 차례 더 다녀갔는데 올 때마다 남 편과 아기를 번갈아 돌봐야 해서 시간이 없다며 상당히 초조해 하곤 했다. 남편도 몸이 아픈데 본인 대신 남편이 약을 먹으면 안 되냐고 묻기도 하고, 남편 역시 몹시 지치고 힘들어 보였다.

그러다 또 다시 물리치료를 할 때였다. 그녀가 크게 비명을 질렀다. 직원도 놀라고 나도 놀라서 뛰어갔는데 놀랍게도 그녀 가 펑펑 울고 있었다. 나는 등을 다독거리며 많이 아프셨냐고 했다. 그녀는 "정말 아프단 말이에요!" 하며 울음을 그치지 않 았다. 한참을 울더니 나와서 훌쩍이며 말했다. "정말 아프단 말 이에요, 정말…." 나는 그녀의 아픔을 이해했다. "그래요, 많이 아프셨을 거예요. 미안해요." 그녀는 무슨 말인가 하려는 듯 머 뭇거리다가 다시 고맙다는 말을 남기고 나갔다.

젊은 나이에 거대하게 살이 찌고 하얗게 센 긴 머리를 자르 거나 다듬지도 않고, 모자를 쓰지도 않고 질끈 묶기만 한 그녀 를 보며 그녀가 커다란 고통을 겪은 지 얼마 되지 않았을 거라

짐작했다. 그녀와 남편은 어쩌면 세상에서 가장 슬픈 일을 겪었을지도 모르겠다. 그들이 막 시작했던 행복이 어떤 사고로 인해 산산히 부서졌을지도 모른다. 기대했던 삶이 자신들을 처절하게 배신했는데, 다른 어느 누구도 그들의 아픔을 깊이 공감해주지 않았을지도 모른다.

그녀는 자신만이 아니라 남편 역시 삶에 배신당해 몹시 아프다는 것을 알고 있었고 남편의 아픔을 덜어주고 싶었을 게다. 그리고 어렵게 얻은 아이를 두 사람의 눈에서 떼어놓을 수 없었을 게다. 그래서 잠시라도 서로의 손을 빌려야 했고 남편은 직장을 다녀야 했으니 그녀는 결국 아이를 손에서 떼어놓을 수 없었고 치료를 받으러 올 수도 없었던 게다. 아픔이 얼마나 컸기에 그만한 아픔에 비명을 지르고 울었던 걸까. 잃어버린 사지의 통증을 그녀는 잊을 수 없는 것이다. 그녀가 얼마만큼의 시간을 지나 보내야 그 아픔에서 벗어나게 될지는 알 수 없다. 부디 그 기간이 너무 길지 않기만을….

삶이 우리를 배신하는가, 사람이 우리를 배신하는가, 사랑이 우리를 배신하는가. 사람은 자기에게 가장 소중하고 애틋한 사람조차 무시로 배반한다. 가장 친밀한 사람과 함께 있을 때조차 자기 슬픔이 가장 크고, 자기 감정이 눈앞을 어둡게 하고, 단지 자기를 옥죄어오는 어떤 분위기를 모면하고 싶어서 그를 욕되게 하고 만다. 사람과 사람 사이는 아무리 친밀해도 기본적으로 모든 생명체가 그러하듯 경쟁 관계에 있기 때문에 미묘한 순간에 자기를 보호하고자 하는 본능이 발동하고 마는 것이다. 그렇게 한순간의 실수로 연인과 가족과 친구와 단절되며, 이런 일은 불행하게도 가끔 반복되기까지 한다. 이럴 때 우리는 종종 우울감에 사로잡히곤 한다. '내가 이런 사람밖에 안 되나.' '그 친구가, 그 사람이 그 정도밖에 안 되는 사람이었던가.'

방문을 잠그고 혼자 침대 밑으로 침잠하는 시간이 흐르고 나면 어느 사이엔가 나는 옳은 사람이 되어 있고 상대방은 추악한 사람으로 기억 저편에 자리를 잡게 된다. 그리고 우리는 추억이라는 이름으로 과거를 소환하곤 한다. 대부분의 상처는 상대방의 잘못으로 자리매김했기 때문에 흔적만 남아 있을 뿐 우리 자신은 당당한 승리자가 되어 현재로 돌아온다. 그래서 대체로 추억을 소환하게 되면 허세로 부풀려져 있거나, 아름답게 윤색되어 있곤 한다. 그러나 그렇지 못한 사람 또한 있기 마련이다.

일상생활에서 과장을 하거나 포장을 해서 말하는 것을 회색 거짓말이라고 한다. 우울증을 겪고 있는 사람은 거짓말조차 하지 않는데, 이것은 주변을 냉소적으로 관찰하고 현실을 더 정확히 보기 때문이라고 한다. 그래서 우울증은 적당히 환상을 품지 못하는, 냉정한 현실 인식을 가진 사람들에게 유병률이 높다고 한다. 이들은 자기를 포장할 수 없는 만큼, 자기 자신에 대해 더 비참하게 느낀다. 행복을 위해서는 적당한 환상과 허위의식이 필요한 것이다. 이것이 우울의 리얼리즘이라고 하니, 자기 자신에게 엄격한 사람은 자신을 잠식할 우울증이 언제나 곁에 도사리고 있음을 기억해야 할 것이다. 아니, 어쩌면 도처에서 우울한 사건을 목격하게 되는 현대사회에 사는 우리는 최소한의 행복을 위해서 리얼리즘을 버려야 할지도 모르겠다.

고통 없는 삶이 어디 있으랴. 그러나 고통을 야기한 객관적 사건이나 상황은 분명 끝이 있을 테니 그 사건의 종결과 함께 그 시간을 과거로 보내고 그와 동시에 고통스런 사건 자체도 뒤로 던져버리는 법을 배워야 한다. 고통을 야기했던 나 자신과 그 시절을 부정하지 않고 고스란히 받아들인 채.

어쩌면 앞으로도 살아 있는 날 동안, 또 다른 고통들이 하나씩 차례로 또는 한꺼번에 몰려올 것이므로 지나간 고통을 기억하고 괴로워하느라 시간과 감정을 낭비할 필요는 없다. 삶에는 고통스러운 경험만 있는 게 아니다. 과거를 돌아보면 당시에는 이 시간만 지나가면 다시는 돌아보지도 않으리라, 이를 앙다물었던 일조차 어느 새 추억이란 이름으로 적당히 채색되어 있는 것을 볼 수 있다. 과거를 이처럼 적당히 윤색할 수 있는 것이 정신 건강에는 좋다고 한다.

기억이 하는 일이란 바로 이런 것이다. 기억이란 사실 자체를 저장하는 것이 아니라 지금의 사건 혹은 경험을 과거의 경험과 뒤섞어 새롭게 재해석하여 저장하는 것이다. 그러므로 사건 혹은 경험 발생 당시에는 이해하지 못했던, 사건에 숨은 인과관계를 찾아내서 그 맥락을 재구성하는 것이 '기억의 작용'이다.

기억이 과거 어느 한 때에 그대로 머물러 있다면 인간은 결코 자라지 않는다. 새로운 경험이 추가되면 기억은 새로운 경험을 녹여내어 새로운 통찰과 새로운 시각을 만들어낸다. 똑같은 일에 대해서도 시간이 지나면 새로운 해석이 가능해지는 것이다. 그러므로 삶에 약간의 환상을 갖는 것, 또는 과감히 고통을 종결시키는 것. 그 두 가지 방법 중에 최소한 하나를 택하라고 권하고 싶다.

19.　　　사고를 사건으로
　　　　　만든 사람들

"나에게는 한쪽 눈 말고도 마비되지 않은 두 가지가 더 있다. 바로
지나온 날들의 기억과 자유롭게 비상할 수 있는 상상력이다."

　깊은 바닷속, 뻘 속에 묻힌 종이 있다. 물고기떼가 스치고 가
도, 바닷물이 크게 뒤집혀도, 커다란 뱀장어가 휘감아 돌아도
종은 울리지 않는다. 한때 저 높은 종루에 매달려 맑은 종소리
를 멀리 울려 퍼지게 하던 커다란 종이었다. 아무 소리도 낼 수
없는 종은 이제 무엇을 할 수 있을까.
　줄리언 슈나벨 감독의 〈잠수종과 나비Diving Bell And Butterfly〉

라는 영화가 있다. 패션계에서 나는 새도 떨어뜨린다는 권력을 가진 프랑스 패션 전문지 〈엘르〉의 편집장 장도미니크 보비는 어느 날 뇌졸중으로 쓰러지고 말았다. 20일 후에 깨어났을 때 그는 아무것도 할 수 없었다. 온몸의 감각이 죽고 모든 운동신 경도 죽은 감금증후군locked in syndrome이었다. 오직 왼쪽 눈 하나만 깜박일 수 있었다. 그는 치료와 재활을 돕는 의료진과 언어치료사의 도움을 받아 눈 깜박임으로 의사소통하는 법을 익혔다. 그리고 15개월 동안 20만 번 이상의 깜박임으로 130페이지에 달하는 『잠수종과 나비』라는 자서전을 완성한다.

"내 몸은 비록 잠수종과 같이 깊은 바닷속에 잠겨 있다 할지라도 내 영혼은 또 다른 자아를 찾아 자유로운 나비가 되어 비상한다."

내 몸이 마비되어 손가락 하나 움직일 수 없을 때 나도 이렇게 말할 수 있을까. 조에 부스케라는 프랑스 작가가 있다. 스물한 살의 나이에 제1차 세계대전에서 독일군의 총탄에 척수를 관통당했다. 그 후유증으로 통증에 시달리던 부스케는 자기에게 당도한 하나의 '사고'를 자기만의 '사건'으로 만들어간다. 살아 있기에, 생명의 본질이 그렇기에 그는 누워서 할 수 있는 게 무엇이든 다 했다. 그는 방 밖으로 한 발짝도 나가지 않는 유폐된 삶 속에서 〈작업장〉이라는 잡지를 창간한다. 그의 유폐된 방으로 수많은 당대의 철학자와 작가, 화가들이 찾아왔고 그 방은 레지스탕스의 아지트가 된다. 그와 같은 전장에 있던 막스 에른스트는 그의 방을 자신의 그림으로 가득 채운다. 그리고 오직 전신이 마비된 자만이 쓸 수 있는 글을 썼다. 그것이 그가 자신을 '살아 있음으로 위치 지은' 일이다. 왜 나에게 이런 일이 생겼느냐고 원망하고 분노하는 것은 사고를 자신과 유리된 것으로 만들 뿐이며 자신을 사고 속에 가둘 뿐이다. 사건이란 삶의 맥락 속에서 자신의 위치를 찾는 작업이다.

활발하게 활동하던 사람에게 '신체의 마비'란 죽음과도 맞먹을 만한 사고가 아닐까. 죽음의 문턱에서 돌아오면 그 충격은 이루 말할 수 없을 테다. 그래서일까. 뇌졸중이나 뇌경색, 혹은 낙상, 혹은 교통사고를 당해 몸을 크게 다친 뒤, 스스로 이겨내려는 시도를 하지 않고 아기가 되어버리는 경우를 많이 보았다. 옷을 입는 것부터 음식을 먹여주는 일까지 모든 수발을 들어야 하는 사람들이 한둘이랴. 그러나 우리 주변에도 장도미니크 보비처럼, 조에 부스케처럼 자기 몸에 일어난 사고를 사건으로 바꾸는 사람들이 있다.

#

따스한 햇살이 내리쬐는 6월, 주택의 테라스. 둥근 테이블이 펼쳐지고 다섯 개의 의자가 놓였다. 발밑 포석 사이로 잡초가 돋아 있고 외벽 아래엔 길게 자란 애기똥풀이며 노랑 데이지, 하얀 망초가 흔들렸다. 정원 아래 쪽으로는 그가 가꾸는 소채밭이 있었다. 고추와 당근, 브로콜리와 루꼴라가 자라고 있었다. 테이블에 커다란 접시가 놓였다. 연근과 꽈리고추를 넣은 등갈비찜이다. 방금 주방에서 부쳐온 녹두전도 김을 올렸다. 겨우내 묵은 신김치를 빨고 갓 뜯은 냉이를 썰어 녹두를 가볍게 뒤섞은 다음 도톰하고 바삭하게 부친 전이다.

친구들이 둘러 앉아 젓가락을 든다. 아삭아삭한 연근과 신선한 꽈리고추를 등갈비에 얹어 먹었다. 입 안에서 등갈비의 육즙과 함께 꽈리고추의 향이 톡톡 터졌다. 소채밭에서 방금 뜯어온 루꼴라와 청경채, 치커리 샐러드도 그만의 드레싱을 얹어 테이블에 올라왔다.

말기암의 통증이 시작된 친구와 나는 맛있는 밥을 해주겠다는 B의 집에 초대받았다. B는 내 친구를 위해 정성을 다해 잡곡밥을 짓고 순한 나물을 무치고, 소화가 잘되는 고기와 야채가 어우러진 메인 디시를 내왔다. 아픈 데가 없는 친구들을 위해서는 등갈비찜을 했다. 그가 가꾼 멋진 정원에서 점심을 먹고 그가 내려주는 커피를 마셨다. 친구의 병세에 대해 이야기를 나누던 도중, 그는 '내가 좀 어눌해지지 않았어요?' 하고 물었다. 아닌 게 아니라 딱히 어디가 어떻다 말할 수는 없지만 예전 같지 않게 말이 어눌해졌다 싶던 참이었다. 그는 자신에게 닥친 일을 털어놓았다. 그는 1년 전, 소뇌위축증을 진단받았다고 했다. 소뇌는 우리 몸의 운동기능을 담당하는 기관이다. 어떤 이유에서든 소뇌가 위축되기 시작하면 걷기에 장애가 생기고 손을 자유롭게 움직이지 못하며 언어까지 어눌해진다. 아직까지 치료약이 없다시피 해서 몇 년이 채 지나기 전에 혼자서는 일상적 활동을 할 수 없게 되고, 결국 누군가의 도움을 받아야만 하는 질환이다.

"사실은 처음 발병하고 두어 달 완전히 바닥까지 내려갔어요. 일어나 걷지도 못했고요, 말을 해도 알아들을 수 없었어요. 회복된 지 얼마 되지 않았어요."

그가 자신의 병세를 아무에게도 말하지 않아 긴밀한 사이인 두엇을 빼고는 주변의 어느 누구도 모르고 있었던 것이다. 나 역시 그에게 그런 일이 일어났다는 것을 전혀 모르는 상태에서 그의 집을 방문한 것이었다.

그는 똑바로 걷기 위해 시간을 들였고 입술과 혀가 조응하도록 엄격히 훈련했다. 그리고 회복되자마자 아픈 친구를 위해 밥상을 차렸다. 그는 '가장 좋은 밥상을 차려주고 싶었어요'라고 했다. 어떤 심정으로 말기암 친구를 위해 밥상을 차렸을까. 6월의 햇살 아래, 그가 가꾼 꽃과 나무, 소채들을 둘러보는 우리는 눈물을 보이지 않으려 시종 웃었다.

내 친구에게 사실상의 마지막 정찬이었던 그 밥상을 차려주고 그는 지방으로 내려갔다. 아무것도 해줄 것이 없다는 서울의 큰 병원을 떠나 무엇이든 해봅시다, 라고 하는 병원을 찾아간 것이다. 병원 앞에 방을 얻고 매일 치료를 받고 재활훈련을 했다. 동시에 자기 몸에 일어난 사건을 이해하기 위해 공부를 시작했다. 발병하기 전 그는 매우 건강한 편이었다. 건강한 몸을 가진 사람들이 대개 그렇듯 몹시 열정적으로 살아왔다. 자기 분야에서 내로라하는 사람으로 자리를 잡았고, 일찍 은퇴한 뒤에는 취미가 있던 요리 쪽으로도 전문가 못지않게 활발히 활동하던 사람이었다.

본질은 상황이 바뀌어도 변하지 않기에 본질이라 하는 것일 테다. 그의 본질은 관심 있는 분야에 깊이 파고드는 것이었다. 그는 자신을 침범한 질환에 대해 공부했고 치료과정과 재활훈련에 따른 몸의 변화를 주도면밀하게 살폈으며 주치의에게 피드백했고 주치의 역시 적극적으로 피드백을 받아들였다. 그는 치료에 대한 자신의 몸의 반응, 시행착오 등을 상세히 써 나가기 시작했다. 그렇게 그의 삶은 발병 이후로도 여전히 열렬하고도 흥미로운 삶으로 이어지고 있다.

그는 자신에게 닥친 일이 무척 흥미롭다고 했다. 지금까지 마치 남의 몸처럼 여기던 제 몸을 이제야 진심으로 들여다보기 시작했으며 이 흥미로운 세계를 한번 제대로 탐험해보고 싶다고. 그리고 덧붙였다. "병이 생겼다고 내 몸을 미워하고 외면할 수 없잖아요."

마지막 정찬 이후 계절이 두 번이나 지났다. 그 사이 내 친구는 세상을 떠났고, 그는 몇 차례 위기를 겪었지만 다시 시작하고 또 시작했다. 그가 위기를 겪을 때마다 친구들은 그를 위해 간절히 기도했다. 그에게 닥치는 위기가 그에게 새로운 도전이 되기를. 그리고 친구들은 그를 위해 가장 맛있는 밥상을 차려주자는 계획을 세우며 계속 햇살이 좋은 날을 기다리고 있다.

20. 통증이라는
고독한 세계

얼마 전에 친구를 잃었다. 세상에서 우리 둘만 있었어도 어쩌면 살아가지 않았을까, 싶을 만큼 가까웠고 서로를 깊이 응원해주고 어떤 지원도 마다하지 않던 사이였다. 친구는 암이 발병하고도 2, 3년 동안은 전혀 통증을 느끼지 않았다. 마지막 단계에 이르러서야 통증을 겪기 시작했고, 이후로 나는 몇 차례 통증이 한 사람을 집어삼키는 것을 목격해야만 했다.

그녀는 통증을 견디느라 침대에 두 손을 짚고 등을 구부린 채 발끝으로 서서 천천히 몸을 흔들면서 말했다. "이렇게 힘들 수가…" 그렇게 말했을 뿐인데 그게 얼마만큼의 고통인지 나는 알 것 같았다. 그녀는 아프다는 말을 웬만해서는 안 하는 편이니까. 통증에 대해서는 가능한 한 담백하게 상태를 전달하는 사람이지 감정을 주체 못 해 울고불고, 소리치고, 징징대는 사람이 아니었으니까. 친구의 엄마가 그녀의 장례식장에 들어서며 하신 말을 잊을 수가 없다.

"무슨 설움이 그리 많아서, 이렇게 빨리 가야 했니…."

친구의 엄마는 딸에게 말 못 하는 설움이 있다는 걸 아셨던 게다. 친구가 끝내 누구에게도 말하지 않은 슬픔, 상처, 그리고 죄의식. 그것들을 혼자 품고 누구도 원망하지 않으려 했던 것이 바로 '깊은 설움'이 되었으리라.

친구가 대장암 진단을 받고 얼마 뒤 나는 꿈을 꾸었다. 친구와 나는 취재차 유럽 여행을 함께했기 때문인지 꿈속에서 유럽의 어느 작은 마을을 걷고 있었다. 대부분의 유럽 도로가 그렇듯 길바닥에는 돌이 깔려 있었는데 걷다 보니 돌 위로 맑은 물이 흘러가는 곳에 이르렀다. 돌들은 모두 하얀 달걀처럼 반원형 모양이었고 길에 박혀 있는 모양새였다. 그 위로 맑은 물이 흐르고 있었고 누군가 내게 맨발로 그 길을 걸으라 했다.

발바닥이 아플 게 분명했지만 나는 그 길을 걸었다. 서늘한 물길이 내 발을 감싸고 휘돌아 흘러갔고 달걀 같은 돌이 아프게 밟혔다. 꿈은 매우 길게 느껴졌다. 달걀이란 새로 태어나는 생명을 의미하지 않던가. 나는 친구가 맑은 물속에서 새로 태어날 거라 믿었다. 친구는 수술을 받고 치료를 받으며 발병 이전과 다름없이 건강하고 활기찬 생활을 했다. 함께 작업을 진행하고, 함께 교육 프로그램을 만들며 아프기 전과 같은 삶을 살아갔다.

전이가 확인되었을 때였던가. 나는 또다시 꿈을 꿨다. 궁륭이 높은 성당 안이었다. 궁륭 아래로 아치형의 벽감이 빙 둘러 있었고 벽감마다 성모상이 서 있었다. 성모상은 브론즈였고, 마치 성당 밖의 햇빛이 성모상의 배를 통해 비쳐 들어오듯 배에서 빛이 쏟아지고 있었다. 저 먼 태양에서 발한 빛이 친구의 대장을 움켜쥔 암세포들을 녹이기를 바랐는지도 모르겠다. 친구와 나는 내 꿈을 믿었다. 여지껏 우리는 서로의 꿈을 향해 걸어왔으니, 내 꿈이나 친구의 꿈이나 우리를 버티게 해주는 힘이었으므로. 꿈을 꾸지 않고, 꿈을 믿지 않고는 하루를 살아갈 수 없던 날들이었다. 어쩌면 꿈 같은, 몇 개월이 지났다. 그리고, 영원히 꿈이기를 바라야만 하는 날들이 닥쳐왔다.

근무 중에 친구로부터 전화를 받는다. "너무 아파, 숨을 쉴 수가 없어. 어떻게 하지? 어떻게 해야 하지?" 친구는 아무리 아파도 그렇게 절박하게 전화를 하는 사람이 아니었다. 그런 친구가 아프다고 전화를 한 것이다. 통증의 극한에서 간신히 쥐어짜낸 목소리를 들은 순간부터 나는 안절부절못한다. 나 역시 숨을 제대로 쉬지 못하면서 퇴근 시간만 기다린다. 퇴근하면 차를 달려 친구의 집이나 친구가 입원해 있는 병실로 간다. 내가 해줄 수 있는 일이 많아서가 아니다. 달려가지 않고는 배길 수 없어서이다.

친구는 내가 관장을 해주기를 바란다. 병원에서 기계적으로 해주는 관장은 너무나 아픈 게다. 내가 그녀에게 해주는 것은 시간을 갖고 천천히 친구가 자리를 잡고 누울 수 있도록 기다려주고 가장 아프지 않은 자세를 취하도록 하고 하나씩 설명을 하면서 최대한 천천히 관장을 해주는 것뿐이다. 숨을 천천히 쉬도록 하고, 손을 잡아줄 뿐이다. 손을 얹는 것조차 아파하는 배를 최대한 가볍게 가만가만 문질러줄 뿐이다.

죽음을 앞둔 친구가 말했다. "통증의 세계는 전혀 새로운 세계야. 통증을 겪기 전에는 몰라. Unother World야." 아무도 그 세계에 들어가고 싶지 않을 것이다. 일단 겪기 시작하면 빠져나오기 어려운 통증의 세계.

통증에 대한 감각은 사람마다 다르다. 우리의 뇌는 실제보다 기억에 더 민감하다. 어떤 통증은 뇌리에 깊이 각인되어 있어서 비슷한 상황이 벌어질 것 같은 조짐이 보이면 쉽게 흥분하곤 한다. 통증은 객관적으로 그 크기를 가늠할 수가 없다. 작은 통증에도 몹시 놀라고 흥분하며 울기까지 하는 경우도 자주 본다. 통증은 그 자체로 트라우마가 된다. 우리의 뇌는 통증을 공포를 관장하는 곳에서 기억한다. 통증은 그것을 겪을 당시의 당사자 내, 외부의 모든 상황을 뒤섞어 기억 속에 저장하기 때문에 그 통증이 다시 재발할 조짐을 보이기만 해도 우리는 공포에 휩싸인다. 처참한 지경으로 떨어지는 본인의 신체, 누구도 가까이 오지 않으려 할 것이라는 예감 등으로 오직 혼자서 겪어내야 하는 처절한 외로움으로 기억되는 것이다. 언제 다시 통증이 몰려올지 몰라 항상 불안하고 두렵다.

대장암을 앓던 친구는 밥을 먹지 않으면 죽을 것이라는 공포와 밥을 먹으면 배설을 해야 하는데 암세포로 둘러싸인 대장이 점차 마비되어 배설을 하지 못하는 고통에 시달렸다. 매번 관장을 통해서 배설을 하고 나면 항문과 직장에서 처참한 통증을 겪어야 했다. 그러니 먹고 배설하는 것 자체가 통증의 싸이클을 형성해버렸고, 그것은 곧 죽음과 맞물려 있었다. 그런 와중에도 친구는 누군가를 걱정했다.

"내 딸이 엄마가 고통받던 것만 기억하게 될까 두려워."

당장의 통증보다 딸의 기억을 더 걱정하던 친구는, 아픔을 혼자서 처리하려 했다. 그 외로움의 깊이를, 다른 누가 어떻게 알까.

친구와의 첫 포옹이자 마지막인 포옹을 나는 슬픔 없이 돌이키지 못한다. 울진의 어느 말사, 초가을의 햇살 아래, 급격히 야위어버린 친구의 등을 잊지 못한다. 급격히 상태가 나빠져서 친구는 멀고 먼 울진의 어느 말사에서 운영하는 공동체에 들어가 돌봄을 받고 있었다. 들어간 지 며칠이 지나 친구는 살이 너무 빠져서 입을 만한 바지가 없다며 파자마를 하나 만들어 달라고 했다. 나는 친구와 함께 파자마며 커튼이며 쿠션 들을 만들던 날들을 떠올리며 집에 있는 천을 가지고 후다닥 파자마를 만들었다. 가지고 가겠다고 했지만 친구는 자기를 보면 속만 상할 거라며 택배로 보내달라고 했다. 나는 택배로 보내마 하고는 그날 울진으로 달려갔다. 더 안 좋아지면 친구는 나조차 보지 않으려 할 것 같았다. 다시 언제 볼 수 있을까, 싶어서 달려갔다.

우리는 대면하자마자 서로 눈길을 외면했다. 친구도 내 눈을 바로 보지 못했고 나는 더더욱 친구를 바로 볼 수 없었다. "어떻게 왔냐, 멀지? 들어와." 친구는 자신의 몸에 대해 이야기하지 못했고 나도 물어볼 수 없었다. 그냥 눈에 다 보이는 걸. 친구는 입고 있는 파자마가 너무 길어서 질질 끌린다 했고 나는 그 자리에서 그 바짓단을 접어 꿰매주었다. 친구는 앉아 있는 것도 힘들어서 몸을 이리저리 고쳐 앉아야 했고 나는 곁눈질로 훔쳐보면서 바짓단을 다 꿰맸다. 친구 앞에서 울 수 없었다. 내 슬픔은 친구의 고통 앞에서 하찮은 것이었다.

마침 식사 시간이 되었고, 오래 붙들고 있는 것도 미안해서 서둘러 그곳을 나왔다. 어서 가서 밥 먹어, 라며 친구를 떠미는데 친구가 나를 가만히 안았다. 그 큰 체격이 나만큼 작아져 있었다. 그녀의 앙상한 쇄골이 내 쇄골에 닿았다. 가슴이 터질 듯 눈물이 솟구쳤지만 나는 울어서는 안 되었다. 그날따라 나는 왜 그렇게 살이 쪄 있었던 것인지. 나는 내 살들이 부끄러웠고 원망스러웠다. 왜 우리는 진작 서로를 안아보지 못했던 것일까. 왜 나는 이제서야 너를 안아보게 된 것일까. 눈물이 북받쳐 올라 도망쳐 나왔다. 대문 밖에 나와서야 나는 울 수 있었다. 심장이 얻어맞은 것처럼 아팠다.

엄마가 돌아가셨을 때 너무 크고 깊게 우는 바람에 한 6개월 정도 숨을 제대로 쉴 수 없었다. 그때부터 슬픔을 느낄 때면 가슴을 얻어맞은 것처럼 크고 둔중한 통증을 느끼게 되었다. 심장의 통증은 곧장 등뼈를 강타해서 등뼈가 무너질 것처럼 아팠다. 친구를 잃기 직전부터 친구를 잃고 한참 뒤까지, 나는 또다시 같은 통증을 겪게 되었다.

친구에 대해서는 아직도 뭐라 해야 할지 모르겠다. 그저 그날, 기울어져 가는 초가을 햇살 아래서의 포옹과 그 쓸쓸한 뒷모습만 떠오를 뿐이다.

"통증만 없으면 죽음을 쉽게 받아들일 수 있을 것 같아." 친구는 말했다. 통증을 견뎌내는 데 없는 힘을 짜내야 한다. 있는 힘은 오직 통증을 견디는 데 쓸 뿐이다. 다른 생각을 할 여력이 없다. 삶의 마지막은 말할 수 없이 잔인하다. 삶이 고해라는 말에 동의한다. 그러나 육체의 고통에는 비길 수 없다는 것을 나는 수많은 사람들을 통해 목격했다. 괴로움은 고통 앞에서는 무력한 것임을.

그리고 나는 알았다. 목숨을 두고서는 악마에게 영혼을 팔겠다고 흥정도 할 수 있음을. 영혼이란 그동안 내가 견지해온 삶의 줏대 같은 것이나 목숨을 놓고 흥정을 할 때는 바로 포기할 수 있다는 것을. 생명에게 신체란 영혼보다 무겁다는 것을. 생명의 본질은 오직 생존에 있고, 생존을 추구하는 생명은 마지막에 이르기까지 숭고하다는 것을.

제망매가

──────── 。

1.

밥을 먹이려 하지 말아다오, 주사를 놓으려 하지 말아다오, 물 한 모금이라도 억지로 먹이지 말아다오. 죽음에 이른 고양이는 내게 그렇게 저항했다. 내가 지닌 비밀에 한 발짝이라도 접근 하려 하지 말아다오.

생명은 본능적으로 그 생명을 이어가려 하지 않는가. 무릇 생명이라면 살려고 발버둥치는 것이어야 마땅하지 않은가. 고 양이는 대체 어떤 생명체이기에 자발적으로 무덤이 되겠다는 것일까. 그토록 다정하고 그토록 애틋하던 것이, 그토록 사랑스럽게 비벼대던 것이 선뜻 어루만질 수 없는 사물로 변해갔다. 나는 떠날 것이니 내게서 손을 거두어다오.

죽음에 이른 고양이의 눈빛을 끝내 잊을 수가 없다. 원망과 간절함이 뒤섞인 눈을 내 눈에 맞추고 마지막 물 한 모금을 삼킨 뒤 고양이는 숨을 거뒀다. 길고 하얀 털만 남은 듯 한없이 가벼운 몸으로 고개를 떨어뜨렸다. 내 고양이 먼지가 죽었다.

2.

울진의 어느 말사, 이울어가는 여름 햇살 아래에서 가졌던 친구와의 마지막 포옹을 나는 슬픔 없이 돌이키지 못한다. 그렇게나 큼직했던 그녀가 그토록 작아져 있었다. 내 살에 닿은 그녀의 마른 쇄골과 야윈 어깨. 그때만큼 내 살이 부끄러웠던 때가 없었다. 나는 그녀에게 어울리지 않았다. 나는 눈물이 솟구쳤지만 울 수 없었다. 울 수 없어서 황급히 도망쳐야 했다. 죽음을 앞둔 그녀 앞에서 내 하찮은 슬픔을 드러낼 수 없었다. 나는 그녀가 없는 곳에서만 울었다.

3.

매일 아침, 내게 와서 한 시간이고 두 시간이고 몸을 맡긴 채 가르릉거리던 내 고양이 먼지. 6년 동안 매일 부드러운 털로 뒤덮인 배를 주물렀으나 나는 그 배 속에 종양이 자라고 있는 것을 알지 못했다. 복수가 조금씩 차오르는 것을 나이가 들면서 뱃살이 늘어지는 것이라고만 생각했다.

먼지가 내 침대로 뛰어오르지 않은 첫날, 내가 앉아 있는 책상 위로도 뛰어오르지 않는다는 것을 알아챘고, 물그릇의 물이 줄어들지 않았고, 밥그릇에도 입을 댄 흔적이 없는 것을 알았다. 그리고 그즈음 유난히 털이 많이 빠지던 것을 기억해냈다. 병원에서는 일주일이면 세상을 뜰 거라 했다. 열흘도 아니고 일주일.

오직 나만의 고양이였던 내 고양이는 죽음을 앞두고 내게서 도망쳤다. 베란다에 놓인 잡동사니들 뒤로, 창고 구석으로 꽁꽁 몸을 숨겼다. 그루밍을 하지 않았고 어디에도 올라가지 않았으며 물 한 모금, 사료 한 톨 먹지 않았다. 길고 하얀 털은 금세 빛을 잃고 축 늘어졌다. 다만, 가까이 오지 말아 달라는 간절한 눈빛만 살아 있었다.

4.

고양이 만큼의 거리를 지켜야 하는 사람이 있다. 내 고양이의 눈빛과 똑같은 저항의 눈빛을 그녀에게서 보았다. 그녀는 푸른 빛을 띠는 눈으로 쏘아보았다. 내가 먹으려 하지 않을 때 억지로 먹이지 말아다오. 나를 불태우는 독한 주사를 맞지 않겠다.

나를 가만히 두어다오. 자, 이제 물을 다오, 딱 한 순가락만큼만.

죽어가는 그녀가 원하는 만큼만 다가가야 했다. 죽어간다고 해서 도와준다는 명목으로 불쑥 다가오는 것을 그녀는 거절했다. 원치 않는 사람이 드나드는 것을 거부했다. 삶의 마지막에 다다랐다고 해서 비밀을 털어놓지도 않았다. 자기 삶의 과오를 끝끝내 함구했다. 그녀는 함부로 용서를 구하지도 않았고, 변명하지도 않았고, 함부로 사랑한다고 말하지도 않았다. 몸으로 지어온 삶을 그대로 무덤으로 가져갔다. 다만, 이렇게 말했다. 너에게 내가 있어야 하는데….

서로에게 지은 과오를 서로가 알고, 서로에게 준 사랑을 서로가 알고, 서로가 끝내 지킨 거리를 서로가 아는 너와 나는 아직 한참 서로를 필요로 하는데. 그것을 아는 그녀가 세상을 떴다.

5.

도시를 걸었다. 런던과 더블린, 그리고 파리. 죽음을 앞둔 지난해, 그녀와 함께 런던의 지하철인 작은 튜브를 타고 패딩턴 역에 내렸다. 커다란 캐리어를 끌고 지하도 계단을 올라갔다. 어두운 골목을 돌고 돌아 허름한 레지던스 호텔에 들었다. 우리는 낡은 침대를 함께 썼다. 그녀는 오스카 와일드를, 나는 버지니아 울프를 취재하기 위해 유럽의 오래된 도시에 내린 것이다. 고전의 반열에 이른 소설가를 취재하기 위한 여행은 다른 모든 여행과는 달랐다. 몇 주간의 일정이 현지 사정에 맞춰 꽉 짜여 있었다. 내 마음대로 일정을 변경할 수도 없었고, 힘들다고 해서 가야 할 곳을 가지 않을 수도 없으며, 미리 맞춰둔 일정이 어긋나 황급히 대안을 마련해야 했으나 여의치 않을 때도 있었다. 예정된 인터뷰가 있었으며 예정에 없던 우연한 인터뷰도 있었다. 그 여행은 이전의 어떤 여행과도 달랐다. 나는 한 번도 가본 적 없는 곳에 내 영혼을 깃들이기라도 할 것처럼 각성해 있었다. 할 수만 있다면, 버지니아 울프가 살던 서식스의 몽크스 하우스 골목길에 영혼 한 조각을 묻고, 대서양으로 나가는 드넓은 메도우meadow에 내 영혼을 흩뿌리고 싶었다. 그녀에게는 오스카 와일드의 영욕이 묻힌 더블린이 그런 곳이었으리라.

그녀는 진작부터 세계를 여행한 사람이었으며 영어에 능통했다. 영어로 문학을 이야기할 수 있는 드문 사람이었다. 마치 자기 세상을 만난 듯 거침없이, 황홀에 취해 도시를 걸었고 내가 만나 인터뷰를 해야 할 전시회 디렉터와 큐레이터를 만나 본인의 인터뷰이인 것처럼 대화를 나누었다. 그들은 그녀에게 열중했고 매료되었으며 열의를 다해 응답했다. 그녀는 나를 까맣게 잊었고 나는 소외되었다. 그녀는 내게 그들과의 대화를 전달하지 않았다. 인터뷰어라는 내 역할을 잊고 그들과의 대화에 도취되어 마치 화려한 무대에 선 듯했다. 나는 그녀가 얼마나 빛이 나는지 보았다. 평소 주변 사람들을 지극히 배려하는 그녀로서는 그 여행이 아니었다면 결코 보여주지 않았을 모습이었다. 나는 무방비하게 드러난 그녀의 욕망을 보았다. 본능에 충실한 그녀는 황홀하게 아름다웠다.

말 한마디 못 하고 뒤를 따라다니던 나는 내 취재를 가로채인 느낌이었고, 먼 곳에 와서 손을 털고 돌아가야 하는 빈털터리 같았다. 나는 그녀를 원망했다. 이건 내 취재였다고, 나는 내 여행에서 소외되었다고, 나는 빈손으로 돌아가야 한다고. 그녀는 순간 눈을 내리깔았다. 뺨이 발갛게 물들었다. 입술은 부끄러움에 오므라들었다. 자신이 간과했던 것을 깨닫고 그녀는 더없이 미안해했다. 그러나 어떤 변명도 하지 않았다. 나는 알았다. 욕망에 취해 황홀하게 빛나던 그녀의 뺨과 내 추궁에 깊이 후회하는 눈을 목격한 것으로 충분했다는 것을.

6.

12월 어느 겨울날, 고양이 먼지는 낮잠에서 깼다. 깨어보니 낯선 집이었고 처음 보는 강아지가 짖어대고 있었다. 먼지는 어처구니가 없다는 표정으로 강아지를 흘깃 보고는 길게 기지개를 켰다. 태어난 지 두 달밖에 안 된 고양이 주제에 열한 살짜리 강아지가 저를 잡으려고 안달복달해도 쓰윽 훑어보고 어딘가로 훌쩍 뛰어오르면 그만이었다. 고양이라는 짐승은, 다른 모든 짐승과 다른 존재였다.

꼬리를 바짝 치켜세우고 그 끝을 더없이 부드럽게 살랑이며 걷는 짐승이었다. 청아한 목소리로 나를 불러 세우고 눈을 맞춘 채 다가오곤 했다. 그 눈에 사로잡히면 눈길을 돌릴 수가 없다. 제 기분이 좋을 때는 명랑한 소리를 내며 뒹굴고, 애타게 그리워할 때는 말할 수 없이 간절하게 부를 줄도 알았다. 수도꼭지를 틀어 흐르는 물을 먹게 해달라고 애원할 줄도 알고, 간식을 달라고 수십 번 다리를 휘감고 돌 때는 어리광을 잔뜩 실을 줄도 알았다. 올라가서는 안 되는 곳에 올라가 혼이 날 때면 고양이의 본성을 침해하지 말라고 높은 목소리로 항의할 줄도 알았고, 꽃을 뜯어 먹지 말라고 혼낼 때면 고양이는 꽃을 좋아한다고, 눈을 똑바로 쏘아보며 앙칼지게 말할 줄 알았다. 먼지는 그랬다.

고양이의 털끝은 그 어떤 살갗보다 민감하다. 털끝으로 낯섦을 읽고, 털끝으로 성냄을 읽는다. 털끝으로 투정을 하고 털끝으로 토라짐을 표현한다. 수만 올의 털을 날려 보내며 계절을 바꾸어놓는 짐승이다. 고양이가 털을 날릴 때 우리는 한 계절이 지나갔음을 깨닫는다.

기억이 묻어 있는 털을 올올이 날려 보내면 뒤도 돌아보지 않고 이별을 정리하는 짐승이다. 고양이는 떠나지만 고양이의 털은 남아 아픔을 주고 슬픔을 남긴다. 옷장 속에는 수년 간의 털이 남아 있다. 작년에 입던 옷에서 기억의 털이 손에 잡힌다. 작년의 털은 파르르 떨리던 긴 수염을 떠올리게 하고, 눈을 맞춘 채 천천히 깜박거리던 눈꺼풀을 떠올리게 한다. 아기 고양이였던 시절의 보드랍고 짧은 털은 가장 부드러운 옷 속에 숨어 있다. 한창 뛰놀던 시절의 성질 강한 털이 양복 깃에 꽂혀 있다. 죽기 전의 노쇠한 털은, 일상의 옷 앞섶에 박혀 있다.

유독 꽃을 좋아하는 고양이 먼지는 꽃을 꽂아놓으면 화병 곁에서 한참을 떠나지 않았다. 꽃잎 하나하나에 정성 들여 코를 문지르고 수염을 문질렀다. 손을 들어 꽃송이를 흔들어놓고 실눈을 뜨고 그 흔들림을 오랫동안 바라보았다.

먼지가 죽고 40일이 지나 커다란 꽃나무 아래 뼛가루를 뿌렸다. 하루가 지나고 이틀이 지나고 사흘이 지났다. 먼지의 뼛가루가 그대로 남아 있었다. 뼛가루 위로 여름꽃이 졌다. 며칠 만에 비가 왔다. 꽃은 흙색으로 젖어 들었다. 먼지의 뼛가루는 흙으로 스며들었을 테지.

7.

깊은 슬픔에 잠겨보고서야 슬픔과 그리움이 같은 뿌리에서 나왔다는 것을 알게 되었다. 깊은 슬픔은 무언가를 그리워하는 것이며, 그리워한다는 것은 아무짝에도 쓸모없어 보이는 일을 지속하게 하는 것. 그리워한다는 것은 조용하지만 숨을 헐떡이게 하는 갈망.

8.

친구는 생일을 사흘 앞두고 세상을 떴다. 네 생일에 뭐해줄까? 그녀는 고개를 저었다. 화관 씌워줄까? 그녀는 눈을 감고 입을 꾹 다물었다. 화관 씌워주고 예쁜 옷 입혀줄게. 그날 새벽, 그녀는 세상을 떴다. 그녀의 제단에 화관과 아름다운 옷을 바쳤다. 그녀의 생일이었던 발인일, 햇빛이 내리쪼이고 따스한 바람이 무덤을 감돌았다. 슬픔과 그리움이 가까이 있었다.

함께 리스본에 가자, 거기 어디 있다는 바이후 알투에 가자, 그녀에게 말했다. 그럴 수 있다면 얼마나 좋겠니, 그녀가 말했다. 그래, 리스본에 가는 거다. 우리는 수많은 계단을 올라 도시의 언덕배기에서 숨을 몰아쉴 것이다. 푸른 타일이 깔린 게스트하우스에 짐을 풀고, 창문을 열면 뒷마당에서는 사과꽃이 흩날릴 것이다. 거기까지 오면서 들렀던 서점에서 고른, 몇 권의 책을 침대 위에 펼쳐놓고 그중의 하나를 골라 읽을 것이다. 뒹굴거리다 우리 둘 중 하나가 커피를 내리면 손만 내밀어 커피 잔을 받아들고 책을 계속 읽을 것이다. 그렇게 오후를 보내고 누군가 먼저 저녁 먹으러 나갈까? 물으면 외투를 걸치고 바이후 알투, 골목을 걸을 것이다. 문 옆에 파두 가수들의 사진이 붙은 선술집의 문을 열고 들어가는 거다. 거기 좁은 자리에 끼어 앉아 간단한 안주에 맥주를 마시다가 술렁거리는 소리가 나면 목을 길게 뽑아 누가 오나 두리번거리겠지. 마리자의 노래를 들으며 행복하다, 고 둘이 말을 나누는 거다.

에필로그

나는 간호사로 9년을 일했고, 소설가로 17년을 살며 책을 스무 권가량 냈다. 그리고 이제 오십 대 중반이 되어 다시 간호사로 살아가는 중이다. 소설가와 간호사로 사는 세계, 그 두 세계는 표면적으로는 몹시 멀게 느껴지지만 인간에 대한 깊은 이해의 측면에서 보면 하나의 범주로 묶을 수 있다고 생각한다.

인간은 극한의 상황을 만나면 영혼을 팔아야 하는 기로에 놓인다. 누구든 그런 상황에 놓이지 않으리라 장담할 수는 없다. 영혼이란 무엇일까. 종교적인 사람에게 영혼이란 신이라는 존재 앞에 홀로 무릎을 꿇고 앉았을 때 느끼는 무엇이리라. 나의 경우, 영혼이란 지금껏 견지해왔던 내 가장 소중한 정체라 생각한다. 내 정체의 모든 것을 담고 평생을 살아오게 한 것. 그것을 던지고 생존해야만 하는 극한의 처지에 놓였을 때 인간은 무엇이 될 수 있을까. 그것에 대한 의문을 가지고 사유하는 것이 소설이라면 병원에서의 삶이란 극한에 놓인 신체와 맞바꿀 수 있는 것이 내가 가진 전부 중에 무엇일까를 놓고 절박하게 신음하는 것과 다름없다.

우리는 아픈 사람들을 개별적으로 들여다보지 않으려 한다. 그래서 아픈 사람들을 병원이라는 공간에 모아둔다. 아픈 사람들을 접하며 겪어야 하는 고통과 슬픔을 피하려는 것이다. 그러나 우리 모두 언젠가 반드시 한 번은 신체적 아픔을 겪게 된다. 그것은 곧 한 인간의 삶 속에서 한순간의 폭발, 한순간의 맺음, 그런 것들을 의미한다. 어떤 사람은 그런 삶의 절정을 겪고 회복이 되어 예전의 삶으로 돌아가기도 하고 어떤 사람에게는 그 아픔이 삶의 마지막이 되기도 한다. 병원 안에서 벌어지는 삶에서 죽음으로, 죽음에서 삶으로 오가는 치열한 과정, 그것이 생명의 일이며 그것만이 숭고한 것임을 나는 보고 또 보았다.

아픈 사람이라는, 세상에서 가장 약한 자로 추락해 있을 때 주변 사람들이 보여주는 반응들 또한 매우 다양하다는 것을 눈여겨보았다. 아픈 사람을 돌보는 사람은 사실상 가장 가까운 사람이기 쉬워서 이들과의 관계 역시 새로운 국면에 처하곤 한다. 홀로 살아가는 삶을 추구하거나, 의존적인 사람임을 인정하거나, 동반자적인 관계를 추구하거나, 아픈 사람은 결국 누군가를 필요로 한다. 그래서 가장 아픈 순간은 어쩌면 인간이 가장 숭고해지는 순간일지 모른다.

언젠가 극심하게 아플 나의 신체를 위해 지금 퇴로를 마련해두고자 하는 심정에서 이 글을 쓰게 된 것일지도 모른다. 내가 아플 때, 나는 그때도 사랑받기를 원할 것이며, 내가 가장 사랑하는 사람에게서 그 사랑을 받길 원할 것이다. 누군들 그렇지 않겠는가.

쉿, 조용히 Silencio

내 정원에는
꽃들이 잠들어 있네,
글라디올러스와 장미, 흰 백합.

깊은 슬픔에 잠긴 내 영혼,
꽃들에겐 내 아픔을 숨겨야만 해.

인생의 괴로움을
꽃들에게 알리고 싶지 않아.

만일 꽃들이 내 슬픔을 알게 되면
꽃들도 슬퍼 울고 말 테니까.

쉿, 조용히!
모두가 잠들었다네,
글라디올러스와 흰 백합.

나는 꽃들에게
내 슬픔을 알리고 싶지 않아.
꽃들이 내 눈물을 보면
시들어 죽어버릴 테니까.

* 부에나 비스타 소셜 클럽의 두 멤버, 이브라힘 페레르와 오마라 포르투온도가
  함께 부른 노래